# Dritte Orte

# Dritte Orte

## Erzählung

### von Andreas Degkwitz

Berlin 2022

**Bibliografische Information der Deutschen Nationalbibliothek:**
Die Deutsche Nationalbibliothek verzeichnet diese Publikation
in der Deutschen Nationalbibliografie; detaillierte bibliografische
Daten sind im Internet über dnb.dnb.de abrufbar.

© 2022 Andreas Degkwitz
Lektorat: Barbara Herrmann
Satz, Herstellung und Verlag: BoD – Books on Demand,
Norderstedt
ISBN 978-3-7557-2720-0

# Prolog

Bildung und Kultur unterliegen seit jeher Veränderungen, die in vielerlei Hinsicht auf einem Wandel der Gesellschaft beruhen – das ist auch heute so. Dabei werden Aufgaben und Rollen traditioneller Kultureinrichtungen oft in Frage gestellt - mit der Folge, dass die Wertschätzung dieser Einrichtungen in der Gesellschaft verloren geht. Das gefährdet den Fortbestand dieser Kultureinrichtungen, zu denen Archive, Bibliotheken und Museen sowie Institutionen der Musik- und Schauspielkultur gehören. Um dem Verlust an Akzeptanz und der Infragestellung ihres Fortbestands entgegenzuwirken, sind diese Einrichtungen hochgradig bemüht, ihre Angebote und ihr Selbstverständnis an Erwartungen anzupassen, die in den Veränderungen der Gesellschaft begründet sind. Der Spagat zwischen Tradition und Neuorientierung, der sich daraus ergibt, kann im Zuge des digitalen Wandels nochmals verstärkt, aber auch überbrückt werden. Dabei laufen Archive, Bibliotheken und Museen durchaus Gefahr, ihre herkömmlichen Rollen zu verlieren. Dieses Risiko wird offensichtlich, wenn die Neuausrichtung der Kultureinrichtungen von politischer Seite ausgenutzt wird, um sie mit Aufgaben zu betrauen, die mit ihrem bisherigen Auftrag in keinem Zusammenhang stehen. Die Deutung ihrer Weiterentwicklung liegt dann nicht mehr bei Archiven, Bibliotheken und Museen, sondern erfolgt durch die Politik.

Ursache dafür sind politische Prioritäten, die durch finanzielle oder ideologische Zielkonflikte bedingt sind. Der „Dritte Ort", den vor allem Bibliotheken für sich beanspruchen, bietet dafür ein gutes Beispiel. Dieses selbst gesetzte Ziel ihrer Weiterentwicklung kann für Bibliotheken dazu führen, dass sie als Bibliotheken kaum mehr zu erkennen sind. Deshalb sind die Entwicklungsziele der Bibliotheken nicht falsch – ganz im Gegenteil: Aus fachlicher Sicht trifft der „Dritte Ort" den Bedarf. Doch wenn die Politik sich in der Situation sieht, die Weiterentwicklung ihrer Kultureinrichtungen zu deuten und vorzugeben, kann es zu Ergebnissen kommen, die von den Vorstellungen der Kultureinrichtungen deutlich abweichen, so dass sich deren richtige Ansätze gegen sich selber richten und im äußersten Fall sogar zu ihrer Auflösung führen.

Ein guter Freund, der seit langer Zeit im Bibliothekswesen tätig ist und den ich seit einer ganzen Weile nicht mehr gesehen hatte, berichtete mir von zwei Bibliotheken, die eine solche Entwicklung genommen hatten, deren Ergebnis zu großen Schäden und Verlusten beider Bibliotheken führte. Zunächst als Direktor einer Stadtbibliothek und dann als Leiter der Public-Relations-Abteilung einer großen wissenschaftlichen Bibliothek hatte er damit zu tun. Er verstand Bibliotheken als öffentliche Räume, die einen niedrigschwelligen Zugang zu Informationen und Medien ermöglichen wie auch Expertise und Kompetenzen zur Auffindbarkeit und Nutzung von Wissensgütern vermitteln. Aus seiner Sicht war der „Dritte Ort", den Kultureinrichtungen boten, ein wesentlicher Beitrag für kulturelle Bildung und den Zusammenhalt unserer Gesellschaft. Denn in Kultur erkannte er Orientierung und Teilhabe, die auf gemeinsamen Traditionen und Wertvorstellungen beruhten. Von seiner Herkunft her war ihm diese Auffassung nicht in die Wiege gelegt. Vielmehr hatten ihn Schule und Studium zu dieser Einsicht gebracht und motiviert, den Beruf des Bibliothekars zu ergreifen. Zu seinen Erfahrungen mit der Fehlentwicklung der beiden Bibliotheken berichtete mir mein Freund dann folgendes.

# Discount-Kultur

Mitte der 80er Jahre war am Rand der Stadt ein Discount-Markt gebaut und eröffnet worden: ein Erdgeschoss und ein Obergeschoss über eine weiträumige Fläche und ein riesiger Parkplatz. Verkauft wurden Mobiliar für Küchen, Badezimmer und Schlafzimmer sowie Arbeits- und Kinderzimmer, aber auch Geschirr, Bettwäsche, Handtücher, Vorhänge, Baumaterial und Werkzeug sowie jede Menge Dekorationsobjekte, die auch dürftig ausgestattet erscheinende Wohnungen bunter, moderner und wohnlicher machen sollten und dabei völlig frei von Sinn und Funktion waren. Das Sortiment, das der Discount-Markt bot, wirkte preiswert, reichhaltig und manchmal auch originell. Große Pappkartons und volle Plastiktüten wurden beglückt in Caravans oder Kofferräume geschoben, um Reihenhäuser und Eigentumswohnungen zu befüllen – viele fanden das schön. Immer neue Kaufanreize verstand der Discounter erfolgreich zu setzen, um den Einkaufshunger zu stimulieren. Mit einem Erweiterungsbau wurde ein Lebensmittelbereich eröffnet, dessen Sonderangebote zweimal wöchentlich mit Wurfpostillen unter die Leute gebracht wurden, die zu eifrigem Studium führten und sich großer Beliebtheit erfreuten.

Der Discount-Markt war Kult. Eine Buslinie wurde eingerichtet, um die Fahrt dorthin zu erleichtern; denn der täglich zunehmende Ansturm hatte viele Staus auf der Straße zum Discount-Markt zur Folge. Geschäfte im Nahbereich derjenigen Stadtbewohner, die nun zum Discountmarkt strömten, hatten darunter zu leiden und sahen sich in ihrer Existenz bedroht. Eine Konsumkultur machte sich unter dem Motto des Sparens breit und führte zahlreiche Einzelhandelsgeschäfte, die den ruinösen Preiswettbewerb mit dem Discount-Markt nicht bestanden, in den Bankrott. Diese Orte, die zu Begegnung und Nachbarschaft täglich beitrugen, starben zunehmend aus – dergleichen hatte sich allem Anschein nach überlebt und lohnte nicht mehr. Denn nun traf man sich beim Einkauf im Discount-Markt.

Der Konsum weckte zugleich den Austausch über Themen wie Schnäppchenjagd, Niedrigpreisangebote, Sonderposten und Ausverkauf – das war neu und hatte es bisher in diesem Umfang noch nicht gegeben. Insofern erwies sich der Discount-Markt für seine Kunden als Einführung in die Betriebs- und Marktwirtschaft. Unentwegt wurden Preise verglichen, Sparangebote analysiert, preisleistungsbezogen kalkuliert und in Rabatten gedacht. Diese und andere Themen bewegten die Gemüter und Gespräche der Käufer und Käuferinnen, die oft in Gruppen den Discount-Markt aufsuchten. Dass sich die Potenziale der Konsumkultur so integrierend entwickelten, hätte ich nie für möglich gehalten. Der Discounter hatte einen Kulturwandel eingeleitet, der von wechselseitigem Austausch geprägt, aber auch wettbewerbsorientiert war. Denn mit der Kauflust ging auch ein Kräftemessen einher, das Rabattgespür, Liquidität und Kaufgeschick ansprach. Niemand wollte als Käufer im Abseits stehen. Alle sahen sich in der ersten Reihe – als Kunden wie als Verbraucher.

Um einen Platz für Gespräche, Vergleiche und Zusammenkünfte zu bieten, entstand im Discount-Markt ein Self-Service-Restaurant, das jenen Hunger stillte, den die Einkaufsaktivitäten zwischen Hochregalen und Sonderauslagen nicht befriedigen konnten. Im Restaurant wurde nicht nur – umgeben von vollen Einkaufswagen – gespeist, sondern man evaluierte auch Einkäufe und verglich mit denen anderer Kunden. Hier wurden Heißgetränke und warme Mahlzeiten kalt, da sich Ehepaare, Eltern, Freunde, und Nachbarn über Einkaufserfolge stritten, um zu beweisen, mit den Modalitäten des Discounters vertraut zu sein und als Käufer und Kunden nicht über den Tisch gezogen zu werden – das war wichtig, um im Wettbewerb dieser Kultur als Gewinner zu gelten.

Weitere Attraktionen folgten. Um Eltern Einkaufsstress zu ersparen, wurde Kinderbetreuung angeboten und ein Spielplatz zur Verfügung gestellt. Dass dabei Sandkisten, Schaukeln und Spielzeuge eingesetzt wurden, was sich zugleich im Freizeit- und Spielzeugsegment des Marktes befand, führte dazu, dass diese und andere Utensilien bald in jedem Reihenhausgarten zu finden waren. Welche Eltern würden Kindern solche Wünsche abschlagen, wenn sie dafür ohne Kindergeschrei zwei Stunden einkaufen konnten? Hier griff die neue Kultur in Beziehungen ein – das galt nicht nur für Eltern und Kinder. Beim Möbelkauf war es schon länger so, dass Kaufentscheidungen auf Beziehungen Einfluss nahmen und durchaus zu Trennungen führten. Die Eröffnung eines Erotik-Shops im Discount-Markt tat das Seine in dieser Hinsicht und steigerte gleichzeitig Umsatz und Verkauf bei der Bett- und Unterwäsche, deren Sortiment auf das Portfolio des Erotik-Shops abgestimmt war.

Doch allen Erfolgen zum Trotz war es gut fünfzehn Jahre nach seiner Gründung mit dem Discount-Markt vorbei. Dem Inhaber wurde wegen Bilanzfälschung und Steuerhinterziehung der Prozess gemacht – er musste für seine Vergehen für zwei Jahre in Haft. Das war das

Ende des Discount-Markts. Überraschend war, dass seine treuen Käuferinnen und Käufer ihn offenbar gar nicht vermissten, als hätten sie den Markt gleichsam leergekauft, so dass sie ihn nicht mehr brauchten. Doch die Zeit solcher Märkte war offenbar an ein Ende gekommen. Die Kultur, die sie befördert und groß gemacht hatte, entwickelte sich in eine andere, neue Richtung. Ich erinnerte mich noch gut an den Aufstieg und Fall des Discounters, dessen Liegenschaft in meinem beruflichen Werdegang eine wichtige Rolle spielte.

## Podiumsdiskussion

Als Bibliothekar der Stadt sah ich mich dazu berufen, eine Podiumsdiskussion zum Thema „Öffentlicher Raum und Kultur" zu veranstalten, nachdem der Discount-Markt seine Tore und Türen geschlossen hatte. Denn der Discount-Markt war zu einem öffentlichen Raum geworden und hatte niedrigschwellig eine Kultur etabliert, mit der sich viele Bürgerinnen und Bürger identifizierten – bisweilen sogar mit Leidenschaft. Allerdings sah ich in einer Konsumkultur keinen unmittelbaren Zusammenhang mit Vorstellungen und Werten, die auf der Tradition unserer Stadtgesellschaft beruhten.

„Bibliotheken bieten öffentlichen Raum und nennen ihn ihren ‚Dritten Ort' - ein Ort, der weder Wohn- noch Arbeitsort ist, aber alles umfasst, was zwischen Arbeit und Wohnen liegt und der zugleich einen jeweils eigens gestalteten Ort darstellt, wie ihn Bibliotheken, aber auch Kaufhäuser, Kinos, Märkte, Bahnhöfe, Tankstellen, Archive, Museen, Konzert-, Theater- und Opernhäuser und viele andere Einrichtungen haben. Dort geschieht Privates in der Öffentlichkeit und umgekehrt geht Öffentlichkeit in Privates ein. Früher wurden solche Orte auch Allmende genannt. Brauchen wir solche Orte weiterhin oder sind sie für uns heute kein Thema mehr?"

Mit diesen Worten eröffnete ich die Veranstaltung und begrüßte den Kulturdezernenten unserer Stadt, eine Professorin der Soziologie, eine Stadtplanerin und einen Eventmanager, der mit seiner Agentur erst vor Kurzem in unsere Stadt gekommen war. Der Kulturdezernent ergriff das Wort.

„Wir leben in einer Stadt, die so offen ist wie die Gesellschaft auch. Mit der Kulturverwaltung ermöglichen wir für alle Sparten kulturellen Lebens ein Angebot, sei es Musik, Kino, Theater, Sport, Museum, Volkshochschule oder Kunst in allen Facetten – und nicht zuletzt Bibliotheken. Alle Programme sind offen für jede und jeden. Die Besucherzahlen zeigen, dass wir der Stadtgesellschaft etwas geben, das sie zahlreich annimmt und schätzt. Öffentlicher Raum ist Raum für kulturelle Ereignisse in unserer Stadt – dafür setzen wir uns Tag für Tag ein."

Für diesen Beitrag gab es Beifall des Publikums, das den Vortragssaal der Bibliothek bis auf den letzten Stehplatz füllte. Offenbar war das Thema von großem Interesse.

„Sie bringen kulturelle Ereignisse und öffentlichen Raum in einen unmittelbaren Zusammenhang. Sind kulturelle Ereignisse so offen und zugänglich wie öffentlicher Raum? Ich persönlich glaube nicht, dass sie das sind. Denn die Zielgruppen für kulturelle Veranstaltungen sind nicht immer dieselben wie die, die öffentlichen Raum nutzen. Kommt hinzu, dass ein Besuch kultureller Events im Regelfall etwas kostet, die Nutzung öffentlicher Räume hingegen kostenfrei ist", sagte die Professorin für Soziologie, „oder haben Sie für den Besuch eines Bahnhofs oder einer Autobahnraststätte schon mal etwas bezahlt?"

„Freie Zugänglichkeit ist für unsere Stadtplanung eine zentrale Zielsetzung. Wir vermeiden alles, was sich als Hürde erweisen könnte. In jeder Hinsicht fokussieren wir Inklusion. Die offene Stadt ist Ausdruck unserer Kultur, die die ganze Stadt zu einem öffentlichen Raum macht – dieser ist zu 80% kostenfrei zugänglich", assistierte die Stadtplanerin dem Kulturdezernenten.

„Sie machen es sich zu einfach, wenn Sie die ganze Stadt zu einem öffentlichen Raum erklären", erwiderte die Soziologieprofessorin, „das ist Ihr Traum als Stadtplanerin, um ihre Aktivitäten aufzuwerten. Doch tatsächlich gibt es in einer Stadt viel zu viel geschlossene Häuser, um von der ganzen Stadt als einem öffentlichen Raum zu sprechen, der jedem Zugang bietet."

„Aber es gibt genügend öffentlichen Raum in unserer Stadt, den wir der Stadtplanung verdanken", äußerte ich, „und auch der Kulturverwaltung, die die Renovierung unserer Stadtbibliothek zu einer offenen Bibliothek veranlasst hat – ein Geschenk für unsere Bürger ...“

„Unsere Stadtbibliothek haben wir mit der Renovierung zum Leben erweckt und etwas vollkommen Neues, etwas, das noch nie da war, aus der Stadtbibliothek gemacht – eine Sensation!“, rief der Kulturdezernent in den Saal und erntete wieder Beifall, „dieser Erfolg hat uns ermutigt, unsere Kultureinrichtungen zu öffnen – wie die Bibliothek.“

„Aber sind es nur Archiv, Bibliothek, Museum, Oper und Theater, die eine offene Stadtkultur ausmachen?“, fragte der Eventmanager, „was ist mit Open-Air-Konzerten, Public Viewing, Hands-On-Projekten, Kleinkunstfestivals, die meine Agentur realisiert? Dabei geht es um öffentlichen Raum der niedrigschwellig zugänglich ist, obwohl der Zugang kostet, und dennoch zahlreich aufgesucht wird und sehr beliebt ist.“

„Sie haben recht“, sagte die Soziologieprofessorin, „nicht auszuschließen ist, dass Kulturangebote Ihrer Agentur sogar durchlässiger und besser zugänglich sind, als das, was die Kulturverwaltung bietet ...“

„... da bin anderer Meinung“, unterbrach die Stadtplanerin die Soziologin, „wir sollten Erwartungen formulieren, die wir an Kultur und Offenheit haben und die Grenzen ihrer Realisierung erörtern. Ist die Bereitstellung öffentlichen Raums nur öffentlich-rechtlich organisierten Institutionen möglich? Oder sind auch Discount-Märkte, Kaufhäuser, Galerien, Restaurants öffentlicher Raum?

Welche Rolle spielt denn in diesem Kontext der schon erwähnte ‚Dritte Ort'?"

Damit wandte sich die Stadtplanerin an mich; ich ergriff das Wort: „Der ‚Dritte Ort' ist ein Versprechen, das nicht der Ort, sondern jeder Besucher eines ‚Dritten Ortes' für sich einlöst. Dabei ist der Besucher auf der einen Seite ein aktiv Beteiligter, indem er sich den ‚Dritten Ort' erschließt. Auf der anderen Seite ist er ein Akteur, der für andere Besucher zum ‚Dritten Ort' gehört. An einem ‚Dritten Ort' sammeln sich Menschen, von denen der eine nicht dasselbe wie der andere macht, aber jeder den anderen braucht, um an einem ‚Dritten Ort' zu sein. Der ‚Dritte Ort' ist Erlebnis von Gemeinschaft und Selbsterfahrung - das motiviert die Angebote des Ortes und seine Gemeinschaft dort. In Bibliotheken sind es Bücher, Medien und vieles andere mehr sowie Besucher und Nutzer, die Bibliotheken zu ‚Dritten Orten' machen. In einem Discount-Markt sind es Waren und Käufer, die einen ‚Dritten Ort' generieren. In einem Museum ist es die Kombination von Exponaten und Betrachtern, im Konzertsaal der Einklang von Musik und Publikum, was diese Orte zu ‚Dritten Orten' macht. Von daher gibt es zahlreiche ‚Dritte Orte' in einer Stadt."

„Aber was hat das mit Kultur zu tun?", fragte der Eventmanager, „was Sie als ‚Dritten Ort' beschrieben haben, ist doch total beliebig. Was hat die Kulturverwaltung damit zu tun? Welchen Auftrag haben Sie in diesem Kontext, Herr Kulturdezernent?"

„Wir pflegen Kultur nicht als Konserve oder exklusives Relikt vergangener Zeiten, das unter Verschluss gehalten und der Öffentlichkeit entzogen wird. Das ist nicht unser Verständnis von Kultur, wobei wir kulturelle Schätze von hohem Wert, die sich in unseren Einrichtungen befinden, selbstverständlich schützen. Mit Kultur verbinden wir Austausch, Begegnung, Kreativität, Offenheit und Zugang für jeden. Was der Bibliothekar über den ‚Dritten Ort' sagt, ist uns Motivation und Vorbild ..."

„... die ganze Stadt ein ‚Dritter Ort'?", unterbrach die Professorin für Soziologie, „das ist für mich nicht vorstellbar. Denn das öffentliche Leben würde komplett blockiert, wenn wir ständig und überall Gemeinschaft und Selbsterfahrung aktiv erleben. Das würde die Stadt doch total überfordern – völlig absurd ist diese Vision, die mit Kultur in keinem Kontext steht. Denn wenn alles Kultur ist, was mir begegnet, kann ich Kultur nicht mehr erkennen – dann gibt es kein Erlebnis welcher Kultur auch immer, die nur existiert, wenn Kultur etwas Besonderes oder Exklusives für mich ist, wie beispielsweise eine Bibliothek. Dabei rede ich nicht von exklusiven, teuren Angeboten für bürgerliche Eliten oder für privilegierte Schichten und auch nicht vom Bildungsbürgertum."

„Ich verstehe Sie richtig, dass Sie Events, die wir veranstalten, auch zu dem Besonderen zählen, das Kultur charakterisiert?", fragte der Eventmanager, „andernfalls sehe ich meine Agentur hier fehl am Platz."

„Kultur ist das, was Identität stiftet, die wir an unterschiedlichen Orten in verschiedenen Kontexten finden. Der Hinweis auf die Allmende ist richtig, die wir in Bibliotheken, Museen, Konzert- und Opernhäusern, aber auch in der Gastronomie, in Parkanlagen, auf Plätzen und in Kaufhäusern haben – alles Orte, an denen sich Individuen selbst erleben und eine Gemeinschaft zu schätzen wissen, soweit es für sie etwas Besonderes und kein ‚Mainstream‘ ist. Das ist nach meinem Verständnis Kultur, die es dann übrigens auch in einem Discount-Markt geben kann."

Mit diesem Beitrag schloss die Podiumsdiskussion. Doch die letzte Äußerung beschäftigte mich noch lange und gab mir viel zu denken. Meine Bibliothek konnte ebenso ein Ort der Kultur sein wie ein Discount-Markt? Wie sollte ich das verstehen? Wohin führten solche Deutungen von Kultur und welche Auswirkungen hatten sie auf traditionelle Kultureinrichtungen? Waren sie zu Discount-Märkten geworden, die als „Dritte Orte" niedrigschwellig Kultur vermittelten?

# Internet

… und plötzlich waren wir nicht mehr alleine und nicht mehr die einzigen, die Bücher und Informationen zur Verfügung stellten. Mit dem Internet legte sich etwas auf die Bibliotheken, das – so schien es – niemanden etwas kostete oder vorenthielt, aber die Welt der Bücher absehbar zu verschütten drohte. Welche Rolle sollten Bibliotheken jetzt noch spielen – ihr Kosmos, ihre Welt schien vor dem Aus zu stehen. Im Wettbewerb um Verbreitung und Zugang zu Medien aller Art wurden Bibliotheken in den Hintergrund gedrängt und allem

Anschein nach auch zweitrangig als Orte der Vermittlung kultureller Bildung und des Kulturaustauschs. Stand unser „Dritter Ort" am Abgrund? Hatten Laptop und Smartphone den Lesesaal kompensiert? Wurde der Bildschirm zum Tor des Wissens? Viele Fragen und wenig Antworten bewegten mich, als das Internet in mein Leben einbrach.

Seither setzte ich mich häufig mit Entwicklungen auseinander, bei denen es allein um „Digitalisierung" ging. Denn dass wir den Bildschirm nun in den Mittelpunkt unseres Lebens stellten, darin konnte sich der digitale Wandel nicht erschöpfen, der mich einerseits faszinierte, wie mich seine Potenziale andererseits in Angst versetzten. Unabhängig von Ort und Zeit waren Bilder, Informationen, Filme, Musik, Texte und Bücher unmittelbar verfügbar – in einem Umfang, wie es die Bibliothek, die ich leitete, niemals vermochte. Das war unglaublich und bisher nicht vorstellbar gewesen – ein bibliothekarischer Traum, wie er besser kaum sein könnte und den sich jeder erfüllen würde, ohne Bibliotheken überhaupt aufzusuchen. Wird dieser bibliothekarische Traum deshalb für mich zum Albtraum?

In diesem Zwiespalt sah ich meine Zukunft und die meiner Profession. Hinzu kam, dass das Internet einen offenen Raum bot, der niedrigschwellig und im Hinblick auf die Vermittlung welcher Information auch immer überwiegend kostenfrei nutzbar und zugänglich war. Hatten das Internet und die digitalen Medien damit die Rolle der Bibliotheken übernommen? Würde der „Dritte Ort" nun im Internet seinen Platz haben und dort sogar besser und leichter verfügbar werden als in Lesesälen? War hier eine Konkurrenzsituation entstanden, der die

Bibliotheken schon aufgrund der Technik nicht gewachsen waren?

Aber es ging hier nicht nur um Technik, auch wenn Technik einen starken Einfluss auf die Entwicklung hatte. Deshalb wurde von mir massiv in technische Ausstattung der Bibliothek investiert. Denn Technik wurde zur Voraussetzung für die Nutzung von Bibliotheken, da ihre Angebote zunehmend digital waren. Ohne Technik ging in Bibliotheken nichts mehr. Doch wurden sie mit der Bereitstellung digitaler Informationen, Literatur und Medien zu „Discount-Märkten", die unser Kulturgut in digitaler Form verschleuderten?

Diese Frage stellte sich mir und ging über Technik weit hinaus. Das herkömmliche Verständnis der Bibliothek als Kultureinrichtung wurde deutlich in Frage gestellt – eine Digitalkultur war für Bibliotheken noch nicht erkennbar. Irgendwie wollten Bibliotheken das bessere „Google" sein und wo immer möglich ihre Dienste und Angebote digital transformieren. Doch damit hatten sie ihre Mission als kulturelle Institution im Digitalen noch nicht gefunden. Ich spürte den Umbruch, der Tag für Tag seinen Fortgang nahm, fand aber auf die vielen Fragen, die ich mir angesichts vieler Entwicklungen stellte, weiterhin keine Antworten, die mir Orientierung gaben – Ratlosigkeit trieb mich um. Meinen Bekannten und Freunden ging es damit nicht anders. Auch ihnen waren der Sturm des Internets und die Informationsflut fremd, die er verursachte - wie ich waren auch sie orientierungslos.

# Wertschätzung

Unsere Altstadt hatte einen großen Platz, um den herum sich das alte Rathaus, viele Bürgerhäuser, das Archiv, das Stadtmuseum und die Bibliothek gruppierten. In der Mitte des Platzes stand die Kathedrale, ein altes und echtes Schmuckstück kirchlicher Architektur, das zu jeder Jahreszeit viele Touristen anzog und sich zu einem Markenzeichen unserer Stadt entwickelt hatte. Rund um die Kathedrale fand dienstags, donnerstags und am Samstag ein großer Markt statt, auf dem es Obst und Gemüse, Käse, Wurst, Fisch und Fleisch aus regionaler Produktion zu kaufen gab, aber auch eine Menge anderer Angebote, die sich von Tongeschirr und Schmuck über Strickmoden und Wollgarderobe bis hin zu Imbissbuden mit Leckereien aus nah und fern erstreckten. Dieser Markt war immer gut besucht und schien nicht weniger beliebt zu sein als die Kathedrale.

Einige Bürgerhäuser hatten sich zu Hotels oder Restaurants entwickelt – oft mit Blick auf den Markt und die Kathedrale. In andere Häuser dieser alten Residenzen waren Ärzte und Rechtsanwälte eingezogen. Das Stadtmuseum mit seiner schmucken Ausstellung zur Stadtgeschichte und temporären Ausstellungen für moderne Kunst, die Bibliothek mit ihrem „Dritten Ort" für Alt und Jung und das Archiv mit den Gründungsurkunden unserer Stadt rundeten dieses Ensemble ab, das sich großer Beliebtheit erfreute.

Im Schatten der Kathedrale verbargen sich drei Häuser, die der Stadt gehörten, nicht genutzt und heruntergekommen waren. Diese drei Gebäude boten oft Anlass zu Diskussionen, ob sie abgerissen oder renoviert werden sollten. Denn obwohl die Häuser abgesperrt und verschlossen waren, waren sie immer wieder Asyl für Obdachlose, die auf rätselhafte Weise Zugang zu den verwahrlosten Anwesen fanden. Es gab Bürgerproteste gegen diesen „Schandfleck" im Schaufenster der Stadt. Es gab Gegenproteste, die für diese Häuser die Einrichtung eines Begegnungszentrums forderten. Schließlich hatte sich ein Investor gemeldet, der für den Komplex eine Passage mit exklusiven Läden vorschlug und damit einen zweiten, allerdings überdachten Markt ins Gespräch brachte.

Die Umsetzung dieser Planung setzte allerdings voraus, die Häuser abzureißen. Diese Idee fand Anklang beim Bürgermeister wie bei allen, die auf Bereinigung des Ensembles drängten. „Ausverkauf an ‚Heuschrecken'", appellierten die Befürworter des Begegnungszentrums an die Verantwortung des Bürgermeisters für den sozialen Zusammenhalt der Stadt. „Rettung der Altstadt" erwiderten diejenigen, die in dem Vorschlag des Investors die Tradition unserer Stadt gewahrt sahen. Mit einer geschickt geführten Kampagne warb der Investor für sein Projekt und versprach, den Reiz der Altstadt mit der Ladengalerie nochmals zu steigern, die allen offenstehe, um daran teilzuhaben – eine Aufwertung des Marktplatzes, die die ganze Stadt bereichern werde, so stellte er den Gewinn dar, der sich aus seiner Projektsicht aller Voraussicht nach für die Stadt ergebe.

Um die Gegner des Vorhabens zu beschwichtigen, erklärte der Bürgermeister, dass der Bau eines Begegnungszentrums zeitnah erfolgen werde – allerdings nicht in der

Altstadt, wo es genügend Möglichkeiten für Begegnung gebe, sondern in einem der Außenbereiche, der zugleich ein sozialer Brennpunkt war. So verlagerte der Bürgermeister seine Widersacher wie das Begegnungszentrum gleichsam an den Rand seines Wirkungskreises. Doch den Konflikt befriedete er damit nicht. Es kam zu weiteren Demonstrationen der Gegner der Luxusläden. An den Zäunen, die das Grundstück der drei Häuser absperrten, hingen Plakate und Transparente mit Forderungen, die Enteignung von öffentlichem Eigentum zu stoppen und sich dem Ausverkauf der Stadt an Baulöwen und Spekulanten zu widersetzen.

Die lokale Presse griff das Thema auf und stellte sich auf die Seite derer, die auf der Einrichtung eines Begegnungszentrums weiterhin bestanden und die Vernachlässigung des Zusammenhalts der Stadt beklagten: „Erschreckend ist, wie sich die Verantwortlichen für die Weiterentwicklung unserer Stadt als Steigbügelhalter für Projekte großer Kapitalgeber erweisen", hieß es in einem Beitrag des Chefredakteurs, „die Spaltung zwischen den gesellschaftlichen Gruppen unserer Stadt nimmt auf diese Weise nochmals zu. Entscheidungen zur Gestaltung der Altstadt dürfen nicht mit Investoren am grünen Tisch oder in Hinterzimmern getroffen werden. Die Vorgänge zum Bau der Ladengalerie führen nicht nur die Öffentlichkeit hinters Licht, sondern übergehen auch den Willen der Bürgerschaft und gefährden so Demokratie. Der Umgang mit öffentlichem Gut ist nicht Gegenstand von Entscheidungen, die Stadtverwaltung und Spekulanten treffen. Vielmehr ist dabei Bürgerbeteiligung erforderlich und ein unbedingtes Muss. Die Wertschätzung eines Bürgervotums ist der Wertschätzung öffentlichen Gutes durch Investoren ganz eindeutig überlegen", so schloss der Beitrag, dem auch diejenigen, die sich bisher noch nicht geäußert hatten, überwiegend zustimmten.

Um das Begegnungszentrum ging es dabei immer weniger. Denn jetzt standen Demokratie und Teilhabe im Mittelpunkt der Debatte, die immer aggressiver wurde. Als eines Nachts - nach einer Demonstration mit Lichterketten – der Dachstuhl eines der Häuser brannte, war die Stadt einem Aufstand nahe. Doch die Vermutung, dass hier ein Brandanschlag die Lage klären sollte, ging fehl. Denn auf dem Dachboden des Hauses stand eine Gasflasche, die undicht war, so dass sie explodierte. Dennoch fragten sich viele Bürger, ob jemand auf dem Dachstuhl war, um dies auszulösen, oder ob verrottete Elektroleitungen einen Kabelbrand verursacht hatten, der die Explosion zur Folge hatte. Auf jeden Fall war die Stimmung äußerst angespannt. Denn von den Häusern ging offenbar eine Gefahr aus. Der Bürgermeister sah sich in der Situation, die eskalierte Stimmung öffentlich zu beruhigen:

„Viele Missverständnisse haben zu großer Unruhe geführt, die uns allen und unserer Stadt sehr schadet. Stets setze ich mich für das Wohlergehen der Bürgerinnen und Bürger wie für das unserer Stadt ein. Wo immer möglich, unterstütze ich Solidarität und Zusammenhalt. Denn das sind wesentliche Faktoren einer Stadtgesellschaft, die gut funktionieren soll. Mein Bemühen um eine soziale Stadt steht an erster Stelle und hat im Rahmen meiner Verantwortung als Bürgermeister den höchsten Stellenwert. Zudem bin ich dies meiner politischen Herkunft schul-

dig. Ich werde mich mit aller Kraft für das Begegnungszentrum einsetzen und nachdrücklich dazu beitragen,
dass uns dies gelingt. Doch ohne Prosperität und Erfolg
unserer Wirtschaft werden wir uns ein Begegnungszentrum gar nicht leisten können. Wir brauchen Partner, die
uns unterstützen, die Voraussetzungen für eine – auch
finanziell - gesunde Stadtentwicklung zu erfüllen. Da
geht es nicht um Politik in Hinterzimmern oder lausige
Geschenke für Investoren. Vielmehr geht es um Akteure,
mit denen wir zum Wohl der Stadt und ihrer Bürger auf
Augenhöhe kooperieren. Inzwischen ist deutlich geworden, dass die Verwahrlosung der drei Häuser eine Gefahr
darstellt. Angesichts dessen rasch zu handeln, hat mit
Ausverkauf öffentlichen Eigentums nichts zu tun, sondern gehört zu meiner Verantwortung für die Stadt und
zur Wertschätzung ihrer Entwicklung. Lassen Sie uns das
Bauvorhaben unterstützen und die geplante Ladengalerie
gemeinsam mit Leben füllen. Denn darin wird es auch
Angebote und Produkte aus unserer Stadt geben. Das
Projekt kommt zum richtigen Zeitpunkt und ist deshalb
für uns ein Glücksfall."

Dieser Appell des Bürgermeisters, der durch Presse und
soziale Netzwerke ging, trug zur Beruhigung bei, wenngleich er die Vorbehalte gegen das Bauprojekt nicht
gänzlich ausräumte. Doch sein Versprechen, sich für
das Begegnungszentrum einzusetzen, wurde ihm abge-
nommen. Dass der Preis dafür die Galerie am Rand des
Marktplatzes war, hatten die meisten Bürger jetzt verstanden, fragten sich allerdings, wer dort die Käufer werden
würden, die die Finanzsituation der Stadt sanierten.

# Interviews

Der Feuilletonchef der Lokalzeitung hatte mir vorgeschlagen, Interviews mit Passanten auf dem Marktplatz zu führen und sie zu fragen, was sie unter Kultur verstehen und von Kultur erwarten. Dieser Vorschlag gefiel mir gut, da ich schon länger an eine solche Umfrage gedacht hatte. Denn in der raschen Verbreitung des Internet erkannte ich, wie schon gesagt, nicht nur eine technische Innovation, sondern auch einen kulturellen Wandel, der traditionelle Vorstellungen vor zahlreiche Fragen und neue Herausforderungen stellte. Ich machte mich also - mit Aufnahmegerät und Mikrophon ausgestattet – auf den Weg, um zu erfahren, was diesem und jener zum Stichwort „Kultur" einfiel.

„Kultur ist sichere Rechtschreibung, gute Manieren und einmal im Monat der Besuch einer Oper", sagte eine ältere Dame, die ihren Pudel ausführte, „das ist in dieser Reihenfolge das, was ich von Kultur erwarte."

Ein Herr in Anzug und Krawatte antwortete mir: „Kultur ist ein gediegener Abend vor dem Kamin mit Rotwein, Zigarre und einem guten Buch. Meine Erwartung ist, dass sich Männer besser kleiden und ihre Jeans im Kleiderschrank lassen."

„Ich habe ein Konzert- und Theaterabonnement, das ich mir Jahr für Jahr leiste", teilte mir eine Frau in den besten Jahren mit, „in der Gemeinschaft derer, die Musik und Schauspiel mit mir genießen, fühle ich mich sehr wohl.

Immer wieder kommt es zu interessanten Begegnungen
– das soll so bleiben!"

„Kultur?", fragte mich ein junger Mann, der in Eile war,
„darüber habe ich noch nie nachgedacht. Wahrscheinlich
irgendwas Cooles, das Spaß macht ..."

„Fleiß und Pünktlichkeit", äußerte ein Rentner mit Schie-
bermütze, „so war es jedenfalls, als ich auf dem Bau begann. Ehrlichkeit und Zusammenhalt waren mir immer
besser vertraut als den Kollegen heute, denen es nur noch
um Kohle geht."

„Kultur ist für mich ‚Saturday Night Fever' ab Mitternacht
bis in den Morgen", sagte mir eine junge Frau, die mit Le-
derjacke und kurzem Rock auf sich aufmerksam machte,
„da muss es natürlich auch Cocktails, coole Jungs und
geile Musik geben, damit ich mich austoben kann."

„Hast du einen Euro oder etwas zu essen für mich?", gab
mir ein offenbar Obdachloser zur Antwort, „und weißt
du, wo ich mich aufwärmen kann?"

„Ich bin auf Besuch in der Stadt", sagte mir ein Teenie, der
meine Frage nicht verstand, „Kultur – das ist doch dieses
Geschäft von hier aus zweimal rechts um die Ecke. Dann
stehen Sie vor dem schrillen Dessousladen. Oder suchen
Sie einen Erotik-Shop?"

„Bibliotheken", antwortete mir eine Frau, die jung wirkte,
aber schon Großmutter war, „Bibliotheken sind Orte der
Muße und der Meditation. Dort kann ich Kulturgut nicht

nur lesen, sondern auch riechen – eine wunderbare Erfahrung, die mich beglückt. Den Duft der großen, weiten Welt des Kulturerbes kann ich nur jedem empfehlen."

„So eine langweilige Frage", äußerte ein Mann, der Mitte fünfzig war, „und vollkommen unnötig. Was ist schon Kultur? Vergebliche Mühe um Bildung und Tradition! Glauben Sie wirklich, dass Kultur die Welt bewegt? Ich kann das jedenfalls nicht erkennen. Doch es gibt schlimmere Katastrophen."

„Kultur", sagte mir ein Mann, der als Handwerker arbeitete, „ist etwas für Besserverdienende, die genug Zeit und Geld haben, um sich teure Konzerte und Kunstausstellungen zu leisten. Kultur für kleine Leute und Malocher wie mich kommt zu kurz und interessiert die große Politik nur wenig. Mir bleiben der Fernseher, der Fußballplatz und die Kneipe an der Ecke."

„Kulturbeflissene Gutmenschen machen sich und anderen sehr viel vor", gab mir eine Verkäuferin zur Antwort, die gerade Pause hatte, „für mich gehören Chancengleichheit, Fairness und Teilhabe zu Kultur. Elitäres Schaulaufen in Museums- und Opernfoyers ertrage ich nicht."

„Tage der Offenen Tür finde ich super", teilte mir eine Studentin mit, „da bekomme ich mit, was abgeht in Bibliotheken und Museen und wie man Kultur der Öffentlichkeit präsentiert. Meine Neugier erklärt sich mit meinem Studium der Kultur- und Medienwissenschaften – ich habe vor, im Kulturbereich beruflich tätig zu werden."

„Ich lebe digital und pfeife auf alles, was traditionell unter Kultur läuft", sagte ein junger Berufsanfänger, „das ist old school und brauchen wir nicht. Digital bekomme ich alles, was ich für mich brauche und nichts, was vorgekaut ist. Ob es eine Digitalkultur gibt? Das weiß ich nicht, ist mir auch egal, solange es soziale Netzwerke und Instagram gibt."

„Für viele ist Kultur ein Statussymbol", war die Auffassung eines Rechtsanwalts, der etwa Mitte vierzig war, „für mich ist Kultur Inhalt des Lebens. Wie mein Leben ist Kultur nicht persistent, sondern verändert sich permanent. Kultur, die lebt, gibt mir wie der Gesellschaft Halt. Ohne Kultur fehlt, was der Gesellschaft und mir Identität gibt. Deshalb schätze ich Kultur über alles."

Die Antworten, die mir auf meine Fragen gegeben wurden, beeindruckten mich. So viel hatte ich über Kultur erfahren und was meine Mitbürger darüber dachten. Dabei waren ablehnende und kritische Äußerungen ebenso interessant wie die Sichtweisen derjenigen, die Kultur begrüßten und schätzten. Denn was ich hörte, gab mir zu erkennen, dass Kultur die Chance der Teilhabe bot, wobei die einen diese Erfahrung als bereichernd empfanden, die anderen aber Erfahrungen machten, die ihren Erwartungen an Teilhabe nicht entsprachen. Doch den Wunsch, sich mit Kultur auseinanderzusetzen, hatten alle, auch wenn, was unter Kultur verstanden wurde, äußerst verschieden war und ganz unterschiedlich gelebt wurde. Insofern ist es eine enorme gesellschaftliche Herausforderung, ein gemeinsames Kulturverständnis zu schaffen, das die Unterschiede vieler sozialer Milieus berücksichtigt und überbrückt. Kultur beruht nicht allein auf Tradition und Vergangenheit, sondern ist unmittelbare Gegenwart, wenn sie lebt.

# Abseits

Der Bürgermeister löste sein Versprechen ein und nahm die Planungen für die Einrichtung eines Begegnungszentrums auf. Planungsstäbe wurden einberufen und Beteiligungsformate entwickelt. Im Mittelpunkt dieser Phase stand die Frage, welche Zielgruppen das Begegnungszentrum ansprechen und welche Angebote es bieten sollte. Ging es um Zielgruppen wie Kinder, Jugendliche, Familien, Obdachlose, Pensionäre und Flüchtlinge? Oder wandte sich die Stadt mit dem Zentrum an alle Bürgerinnen und Bürger? Sollten sich die Angebote auf Hausaufgaben, Deutschkurse, Altenbetreuung und Raumangebote für Familien, Jugendliche und Wohnungslose beschränken? Oder wurde mit dem Begegnungszentrum an ein Kulturangebot für die Bürgerschaft insgesamt gedacht? Die Kompromissoption war die Verbindung des einen mit dem anderen. Die Diskussion führte zu dem Ergebnis, dass die Verbindung der Kulturvermittlung für alle, unter besonderer Berücksichtigung der Unterstützung sozial benachteiligter Zielgruppen, den Zusammenhalt der Stadtgesellschaft am besten gewährleisten kann. Vor diesem Hintergrund fand die Kompromissoption mehr und mehr Akzeptanz, wie die Ergebnisse einer Kurzbefragung durch die Lokalzeitung zu erkennen gaben.

Angesichts dessen wandte sich der Kulturdezernent mit der Bitte um ein Gespräch an mich. Es ging ihm dabei um die Frage, wie sich die Bibliothek in diese Zielsetzung einbringen könne. Dass dieser Austausch eventuell auch zu Kritik an der Bibliothek führen würde, war mir klar.

„Wir möchten die Bibliothek in das Begegnungszentrum integrieren als den ‚Dritten Ort', den sie jetzt bereits bietet, doch auch als einen Ort, der darüber hinausgeht", begann der Kulturdezernent das Gespräch.

„Sehr erfreulich, dass Sie von diesem Verständnis ausgehen", antwortete ich, „was fehlt an Angeboten der Bibliothek, dass Sie über das schon Erreichte hinausgehen wollen?"

„Wenn wir das Begegnungszentrum als Ort der Begegnung und der Vermittlung von Kultur und Bildung verstehen, darf die soziale Herausforderung dabei nicht zu kurz kommen. Mit anderen Worten: Der Auftrag der Bibliothek umfasst künftig auch Betreuungsaufgaben für sozial benachteiligte Gruppen."

„Wir sind schon länger dabei, Digital- und Informationskompetenz zu vermitteln – mit großem Erfolg. Für Betreuungsaufgaben sozial schwacher Nutzergruppen haben wir keine Kompetenz und kein Personal."

„Wenn Sie aber in der Vermittlung von Kompetenzen eine Stärke Ihrer Bibliothek erkennen, dürfte der Schritt zur Betreuung kein großer sein."

„Werden noch weitere Einrichtungen aus dem Kulturbereich in das Begegnungszentrum integriert?", fragte ich, „oder geht es dabei nur um die Bibliothek?"

„Wir wollen über die Bibliothek hinaus auch das Archiv, das Museum und einen Konzertsaal in das Zentrum verlagern und diesen ‚Dritten Ort' sozialer Integration mit kulturellen Angeboten aus allen Sparten bereichern ..."

„... aber dann ziehen ja die kulturellen Highlights aus der Mitte der Stadt an die Peripherie", unterbrach ich ihn in seinem Redefluss, „nimmt die Verlagerung an den Stadtrand Archiv, Bibliothek und Museum nicht die Aufmerksamkeit, die sie aktuell in der Mitte der äußerst beliebten Altstadt haben? Droht da nicht eine Entwertung dieser Einrichtungen und ihres kulturellen Auftrags, den sie repräsentieren?"

„Das Gegenteil ist der Fall", gab der Kulturdezernent zurück, „Archiv, Bibliothek, Museum und ein neuer Konzertsaal werden die Peripherie dramatisch beleben und den Stadtrand in vieler Hinsicht bereichern – da können Sie sicher sein. Die Bibliothek wird dort keinen Schaden nehmen, sondern nochmals ganz anders und neu erblühen."

„Was wird denn aus dem Gebäude, das die Bibliothek verlässt, wenn sie dort auszieht?"

„Dazu kann ich nichts sagen, und das ist nicht das Thema hier. Ich habe noch eine andere Frage. Sie sprachen soeben von dem kulturellen Auftrag, den Archiv, Bibliothek und Museum repräsentieren. Was repräsentiert denn Ihre Bibliothek als Kultureinrichtung? Das würde mich interessieren."

„Ich dachte, dass Ihnen klar ist, was Bibliotheken als ‚Dritte Orte' für die Gesellschaft sind. Ihre Frage überrascht mich, aber ich antworte gern."

„Schießen Sie los – ich höre."

„Die Bibliothek als Ort ist das eine, das andere ist, was dieser Ort bietet. Hat sich ‚Bibliothek' zu früheren Zeiten als Schatzkammer kulturellen Erbes oder des Wissens der Menschheit verstanden, sehen wir heute ,Bibliothek' als den ,Dritten Ort', der für alle offen und jedem zugänglich ist. Bibliotheken, die sich zu früheren Zeiten als Orte für Bildungs- und Wissenseliten verstanden, boten diesen Zielgruppen Teilhabe, wie es nun Bibliotheken als ,Dritte Orte' allen gesellschaftlichen Gruppen möglich machen. Teilhabe zu ermöglichen, ist schon immer das Angebot und der Auftrag von Bibliotheken gewesen, die deshalb bildungs- und gesellschaftspolitisch stets einen hohen Stellenwert hatten und haben und diesen Auftrag weiterhin wahrnehmen sollten."

„Das verstehe ich und ist mir geläufig", antwortete er, „doch kann ich in diesem Angebot nichts Aktuelles erkennen. Denn Teilhabe bieten Bibliotheken nur für Vergangenes. Alle Bücher, die die Regale füllen, sind Geschichte. Wo sind aktuelle Bezüge zur Gegenwart? Wo bleibt der Blick in die Zukunft? Haben Sie digitale Bestände und sind Sie mit der Bibliothek auf der Höhe der Zeit?"

„Selbstverständlich bieten wir digitale Bücher und Medien an", erwiderte ich, „aber digitale Bibliotheksbestände sind genauso Geschichte wie die gedruckten, um es mit Ihren Worten zu formulieren ..."

„... ist Aktualität für die Stadtbibliothek etwa ein Fremdwort?", unterbrach er mich.

„Auf gar keinen Fall! Bibliotheken verknüpfen Vergangenes mit Gegenwärtigen oder ,Gestern' mit ,Heute'. Das gelingt keiner Kultureinrichtung so gut wie Bibliotheken."

„Wenn Bestände digital sind, verlieren Standorte für Bestände doch an Bedeutung. Oder sehe ich das falsch? Hinzu kommt, dass Sie von Beständen und Bibliotheken sprechen. Spielen Menschen für Sie in diesem Kontext gar keine Rolle?"

„Selbstverständlich, Herr Kulturdezernent", entgegnete ich, „die Verknüpfung von Tradition und Gegenwart ist das Angebot von Bibliotheken. Damit wird unseren Bürgerinnen und Bürgern Teilhabe an der Stadtgesellschaft ermöglicht. Standorte spielen dabei eine große Rolle; denn wir wollen die Bibliothek ja nicht ausschließlich auf den Bildschirmen unserer Desktops erleben. Wir leisten Vermittlung auf jedem Niveau und tragen so zur kulturellem Bildung des Einzelnen und zum Zusammenhalt aller in der Gesellschaft bei. Der Mensch steht bei uns im Mittelpunkt."

„Ich verstehe", gab er zur Antwort und bedankte sich für das Gespräch, das damit beendet war.

## Offener Brief

Von meinen Kollegen in Archiv und Museum erfuhr ich, dass auch sie Gespräche mit dem Kulturdezernenten hatten. Wie auch ich befürchteten sie, mit einem Umzug an den Stadtrand ins Abseits gestellt zu werden und Aufmerksamkeit zu verlieren. Vollkommen missverstanden fühlten sie sich mit mir, Betreuung für sozial benachteiligte Nutzergruppen leisten zu können. Doch das Begegnungszentrum sollte Betreuungsmöglichkeiten im Angebot haben. Aufgrund fehlenden Personals zu deren Realisierung wurde nun Ersatz an vollkommen falschen Stellen gesucht. Dass der Betreiber des geplanten Konzertsaals dazu nicht aufgefordert wurde, bestätigte diese Vermutung, zumal die Stadt bisher über keinen Konzertsaal verfügte. Ein geeigneter Platz dafür hatte in der Altstadt immer gefehlt. Einig waren wir uns in der Vermutung, dass die Gebäude, die wir in der Altstadt verließen, weiteren Investoren zur Verfügung gestellt werden dürften. Wir beschlossen deshalb folgenden „Offenen Brief" an die Bürgerinnen und Bürger unserer Stadt zu richten:

Liebe Mitbürgerinnen und Mitbürger,
in unserer Stadt stehen tiefgreifende Veränderungen an, die uns alle betreffen. Wir erinnern uns an die Auseinandersetzungen um die drei Häuser am Marktplatz hinter der Kathedrale, die abgerissen wurden, da dort eine Ladengalerie für Luxusartikel entstehen soll. Einigkeit bestand darüber, dass dort etwas geschehen müsse, doch anstelle der Ladengalerie sollte, was deren Gegner wollten, dort besser ein Begegnungszentrum als Beitrag für den Zusammenhalt unserer Stadtgesellschaft entstehen. Die heftig geführte Diskussion, ob Ladengalerie oder Begegnungszentrum, drohte die Stadt zu spalten, bis unser Bürgermeister versprach, sich für die Einrichtung eines Begegnungszentrums aktiv einzusetzen.

Nun wurden die Planungen des Begegnungszentrums aufgenommen. Um sein Angebot noch attraktiver zu machen, steht der Beschluss an, Archiv, Bibliothek, Museum und den neuen Konzertsaal in das Begegnungszentrum zu integrieren. Die Gespräche, die diesem Beschluss vorausgehen sollten, wurden bereits mit uns als den Leitern der betroffenen Einrichtungen geführt. Dabei äußerte der Kulturdezernent die Erwartung, dass Archiv, Bibliothek und Museum soziale Betreuungsaufgaben wahrnehmen sollen, damit den Anforderungen an das Begegnungszentrum Genüge getan wird. Diese Erwartung des Kulturdezernenten löste Befremden bei uns aus. Denn soziale Betreuungsaufgaben zu übernehmen, ist uns nicht nur ungewohnt, sondern auch kein Gegenstand unseres Auftrags. Offenbar sollen Archiv, Bibliothek und Museum im neuen Begegnungszentrum fehlende und allem Anschein nach nicht finanzierbare Personalkapazitäten kompensieren.

Zu großem Entsetzen und völligem Unverständnis führte die offenbar feststehende Ankündigung, die drei Kultureinrichtungen an den Stadtrand zu verlagern, wo das Begegnungszentrum in der Nachbarschaft eines sozialen Brennpunkts entsteht. So landen Archiv, Bibliothek und Museum im Abseits der Stadt, und die intakten Gebäude, die sie in der Altstadt verlassen, stehen absehbar weiteren Investorenprojekten zur Verfügung – ein großer Verlust für unsere Stadt angesichts einer nicht nachvollziehbaren Entscheidung, die der Stadtkultur nachhaltig schaden wird.

Wir fordern unseren Bürgermeister, den Kulturdezernenten und die Stadtverwaltung auf, von dieser Entscheidung Abstand zu nehmen und den Beschluss zur Verlagerung von Archiv, Bibliothek und Museum an den Standrand zu stoppen. Unsere Kultureinrichtungen sind der Teilhabe und Vermittlung von Bildung und Kultur verpflichtet und dienen nicht der Deckung von Defiziten im Haushalt der Stadt. Wir repräsentieren Kultur aus ihrer Tradition heraus, die unsere Stadtgesellschaft trägt. Wir gehören nicht an den Rand der Stadt, sondern in deren Mitte."

Der offene Brief zeigte Wirkung. Solidarität wurde uns von Bürgern der Stadt entgegengebracht. Auf Twitter hieß es:

„Bleibt am besten dort, wo ihr jetzt seid! Lasst euch nicht rausschmeißen oder klein machen! Wir unterstützen euch."

„Kultur raus – Investoren rein. Einfach nur skandalös! Das ist weder Kultur- noch Sozialpolitik, sondern der Ausverkauf unserer Stadt."

„Erst werden Häuser abgerissen, dann große Versprechungen gemacht. Schließlich wird die Kultur rausgeschmissen und in einen sozialen Brennpunkt gebracht."

„Was geht hier ab? Bald leben wir alle am Stadtrand, weil uns das Stadtzentrum unter unserem Hintern an Immobilienhaie weggekauft worden ist."

„Besuche von Bibliothek und Museum werden jetzt zu Tagesausflügen. Bis man im Nirwana der Außenbezirke fündig geworden ist, haben die beiden Einrichtungen wieder geschlossen – darauf pfeife ich."

„Mit Kultur hat diese Politik gar nichts zu tun – so zu agieren ist peinlich. Ein Bürgermeister wie dieser und ein Kulturdezernent, der alles andere als Kultur vertritt, haben jeden Bezug zur Realität verloren und werden ihrer Verantwortung nicht mehr gerecht."

Erneut schaltete sich die lokale Presse ein. Unter der Überschrift „Kultur gerät ins Abseits" wurde folgender Beitrag publiziert:

„Man reibt sich die Augen und glaubt es nicht. Archiv, Bibliothek und Museum werden aus der Mitte der Stadt an den Stadtrand in einen sozialen Brennpunkt verlagert, um dort in das Begegnungszentrum einzugehen. Beschäftigte dieser Einrichtungen werden nun auch Betreuungsaufgaben für sozial benachteiligte Gruppen wahrnehmen müssen, um das fehlende Personal für das Begegnungszentrum zu ersetzen. Allem Anschein nach werden Kultureinrichtungen hier zu Lückenbüßern einer verfehlten Sozialpolitik, die sich nun auch auf die Kultur auswirkt. Aber wir haben ja jede Menge Digitalangebote im Kulturbereich – das werden sich die Verantwortlichen gesagt haben, um von vermeintlich existierenden Synergien auszugehen: Ein Schelm, der Böses dabei denkt! Diese Entwicklung stößt bei den Leitungen der drei Einrichtungen auf völliges Unverständnis. Denn die Voraussetzungen für Betreuungsaufgaben erfüllen ihre Einrichtungen schon unter personellen Gesichtspunkten nicht.

Gravierender noch ist die Verlagerung von Archiv, Bibliothek und Museum ins Abseits unserer Stadt. Dass Kultureinrichtungen in sozialen Brennpunkten neu erblühen, ist ein Wunschtraum des Bürgermeisters auf Veranlassung des Kulturdezernenten, um vom wahren Grund der Verlagerung abzulenken. Denn die Gebäude, die damit am Marktplatz frei werden, sollen weiteren Investorenprojekten zur Verfügung stehen. Die desolate Finanzsituation der Stadt lasse keine Alternative zu, wurde dazu verlautbart. Mit diesem Skandal, der alle Befürchtungen einer versemmelten Stadtentwicklung übertrifft, tut sich ein Abgrund auf: Kultur muss Kommerz weichen. Von Wertschätzung kultureller Einrichtungen kann keine Rede mehr sein. Niemand hat für möglich gehalten, dass

Archiv, Bibliothek und Museum den Preis für das Begegnungszentrum zahlen. Wie beliebig Kultur offenbar für andere Zwecke eingesetzt wird, scheint das Beispiel überdeutlich zu machen.

Aber sind es tatsächlich Zwecke, die den Kultureinrichtungen gänzlich fremd sind? Gerade die Bibliothek wirbt mit dem ‚Dritten Ort‘ für sich, der ein öffentlicher Raum ist, jedem offensteht und keinerlei Zugangshürden kennt. Dass sich Archiv und Museum in ähnlicher Weise als ‚Dritte Orte‘ verstehen sollten, liegt auf der Linie umfassender Teilhabe an Kultur und dem Anspruch schichtenübergreifender Vermittlung von Bildung. Da ist der Weg zu Betreuungsaufgaben – ehrlich gesagt - nicht weit, die den Kultureinrichtungen nun übertragen werden. Offen bleibt, ob der digitale Wandel die Einrichtungen bei der Erweiterung ihrer Aufgaben unterstützt. Zu hoffen ist, dass der Zusammenhalt der Stadtgesellschaft mit dem Begegnungszentrum erfolgreich gelingt. Dass dabei ganz unerwartet neue Wege gegangen werden, überrascht die Stadt und die Kultureinrichtungen. Allerdings ist kaum abzustreiten, dass diese Entwicklung im Zusammenhang mit dem ‚Dritten Ort‘ stehen oder darin erkannt werden kann. Die Deutung des ‚Dritten Ortes‘ liegt nicht nur im Ermessen der Einrichtungen, die ihn für sich beanspruchen, sondern auch im Ermessen derer, die diese Einrichtungen finanzieren.“

Der Beitrag in der lokalen Presse unterstützte uns hinsichtlich der Verlagerung unserer Einrichtungen ins Abseits der Außenbezirke der Stadt. Der Passus zum „Dritten Ort“ überraschte mich allerdings. Dann war es offenbar ich, der den Kulturdezernenten auf die Idee des Betreuungsansatzes gebracht hatte, der nun im Begegnungszentrum realisiert werden sollte. Der Kulturdezernent teilte meine Auffassung zum „Dritten Ort", wie es sich auf der Podiumsdiskussion zeigte. Klar wurde ihm dabei allerdings auch, wie er diesen Ansatz auslegen könnte, um ihn für seine Sicht zur Weiterentwicklung der Stadtkultur auszunutzen. Diese Deutung vom „Dritten Ort" ist mir erst mit dem Artikel klar geworden.

## Sinnkrise

Zehn Tage nach Erscheinen des „Offenen Briefes" erreichte mich eine Reaktion des Bürgermeisters. Mit einem offiziellen Schreiben teilte er mir und meinen Kollegen von Archiv und Museum Folgendes mit.

Sehr geehrte Herren,
Ihren „Offenen Brief" an die Bürger unserer Stadt habe ich aufmerksam zur Kenntnis genommen. Darin üben Sie Kritik an meiner – mit dem Kulturdezernenten gemeinsam abgestimmten – Entscheidung, Archiv, Bibliothek und Museum in dem geplanten Begegnungszentrum zusammenzuführen. Wir verfolgen damit einen hoch innovativen Ansatz, den öffentlichen Raum, den Ihre Einrichtungen unseren Bürgern bieten, in einen Kontext zu stellen, der den Einfluss der Kultur auf den Zusammenhalt unserer Stadtgesellschaft verstärkt und weiterentwickelt – eine große Chance für Sie, Ihre Einrichtungen in eine neue Phase kultureller Teilhabe zu überführen und dabei

die Akzeptanz und den Zugang zu ihren Bildungsangeboten nochmals zu steigern. Teilhabe und Vermittlung von Bildung und Kultur sind für unsere Stadt von großer Bedeutung und zählen für mich und die Kulturverwaltung so viel wie noch nie.

Angesichts dessen hat mich Ihre offen vorgetragene Kritik, dass ich dem Beschlussvorschlag einer Neuorientierung Ihrer Einrichtungen zugestimmt habe, sehr überrascht – dies auch vor dem Hintergrund, dass Sie nicht müde werden, zusätzliche Mittel für Innovation und Weiterentwicklung Ihrer Angebote wieder und wieder zu fordern. Da dem stets nach Kräften stattgegeben wird, besteht keinerlei Anlass dafür, dass Sie sich vom Kulturdezernenten wie auch von mir schlecht behandelt oder vernachlässigt fühlen. Sie repräsentieren mit Ihren Einrichtungen die Teilhabe an Bildung und Kultur und den offenen Zugang zu allem, was Ihre Einrichtungen bieten. Mit dem „Dritten Ort", als welchen Sie Ihre Einrichtungen verstehen, erkennen Sie den Ansatz von Innovation für Ihre Einrichtungen. Doch offenbar sind nur Sie in der Lage, Weiterentwicklungsziele festzulegen, die sich daraus ergeben, um sie in ihren Einrichtungen umzusetzen.

Denn wenn der Kulturdezernent und ich als Bürgermeister und Verantwortlicher der Trägerschaft für die Kultureinrichtungen unserer Stadt Zielvorgaben für die Weiterentwicklung von Archiv, Bibliothek und Museum machen und Erwartungen mit deren Realisierung verbinden, fühlen Sie sich missverstanden, übergangen und ins Abseits gestellt. Widersinnigerweise kritisieren Sie in der weiteren Folge mit einem „Offenen Brief" meine Entscheidung, die ganz konkret zur Vermeidung solcher

Missverständnisse beitragen soll. Ihre Kritik an meinem Vorgehen und dem des Kulturdezernenten ist uns nicht nachvollziehbar. Sie verkennen zu meiner Überraschung die Chancen Ihrer Einrichtungen, die sich im Hinblick auf deren Zusammenführung im Begegnungszentrum unmittelbar erkennen lassen. Wir wissen Ihre Arbeit zu schätzen und unterstützen Sie wie niemand anderen in der Stadt. Denn wir sehen uns Ihnen und der Kultur verpflichtet. Deshalb fordern wir Sie auf, Ihren „Offenen Brief" zurückzunehmen und einvernehmlich mit uns zu kooperieren, bevor wir uns in der Situation sehen, unsere Vorstellungen mit anderen als den von Ihnen besetzten Leitungen durchzusetzen – das wäre äußerst bedauerlich. Denn wir haben gemeinsame Ziele und werden uns darin einig sein können, wie wir im Sinne aller Beteiligten Aufbau und Entwicklung des Begegnungszentrums gestalten.

Mit freundlichen Grüßen

Ihr Bürgermeister und Ihr Kulturdezernent

Dieses Schreiben wühlte meine beiden Kollegen wie auch mich kräftig auf. Sollte uns etwa gekündigt werden? Oder wollte man mit uns zusammenarbeiten? Oder sollten wir mit der nicht ausgesprochenen Kündigungsdrohung zur Zusammenarbeit gezwungen werden? Diese Fragen berührten vor allem mich, der ich mich immer wieder für den „Dritten Ort" als öffentlichen Raum für die Vermittlung von Kultur und Bildung eingesetzt hatte. War ich ein verbohrter Experte, der Politik nicht verstehen wollte? Oder missbrauchte Politik meine Ideen für ihre Interessen und ließ mich, ins Abseits gestellt, nun zusehen? Ich hatte keine Ahnung, was da passierte, oder verstand es nicht.

Einem guten Freund erzählte ich, was mir geschah, und fragte ihn, wie er die Situation bewertete.

„Wenn deine Ansätze und Argumente für die Weiterentwicklung der Bibliothek nun gegen deine Intentionen verwendet werden", sagte der Freund, „sieht es so aus, als habe man dich in eine Falle gelockt – das wäre schon ein starkes Stück an Intrige ..."

„... auszuschließen ist das nicht", unterbrach ich ihn „es wäre nicht der erste Skandal dieser Art."

„Das mag sein", antwortete er, „der Abriss der drei Häuser zugunsten der Ladengalerie hatte es durchaus in sich. Dennoch glaube ich nicht, dass du auf diese Weise ausgespielt werden sollst. Denn dergleichen wäre ja mit der Kürzung von Haushaltsmitteln sehr viel einfacher und weniger spektakulär gewesen."

„Da stimme ich dir zu", äußerte ich, „finanziell bin ich stets auskömmlich unterstützt worden."

„Einen politischen Zwang sehe ich in dem Vorgehen allerdings auch nicht, vielmehr erkenne ich politische Opportunität, die dem Begegnungszentrum einen kultur- wie sozialpolitischen Auftrag gibt, der das Vorhaben bereichert und stärkt. Dass diese Motivation auch impliziert, die Potenziale der Altstadt in Kooperation mit Investoren auszuschöpfen und zu verwerten, ist dabei sicher nicht ausgeschlossen."

„Verstehe ich deine Ausführungen richtig, dass ich mich den Opportunitäten zu fügen habe?" erwiderte ich etwas pikiert.

„Einerseits ja", sagte er, „andererseits auch nicht. Denn es kommt darauf an, ob du in der geplanten Weiterentwicklung der Bibliothek noch eine Aufgabe oder eine Mission deines Berufs als Bibliothekar erkennst."

„Das verstehe ich nicht", gab ich zur Antwort, „das musst du mir näher erklären."

„Es geht um folgende Frage: Siehst du dich weiterhin in der Tradition deines Berufs verankert und willst die Weiterentwicklung der Bibliothek als einen öffentlichen Raum allein mit deiner beruflichen Expertise gestalten? Oder bist du bereit, dich von diesen Traditionen zu lösen und die Weiterentwicklung des ‚Dritten Ortes' an den Vorgaben des Bürgermeisters auszurichten. Die Entwicklung der Bibliothek unterliegt dann einem hohen Maß an Beliebigkeit, die ihren Markenkern durchaus gefährden kann, ihren Fortbestand aber mit welchem Servicespektrum auch immer sichern wird – allerdings gedeutet von den Opportunitäten der Stadtverwaltung, die das Begegnungszentrum wie die Bibliothek finanziert."

„Diese Frage ist schwer zu entscheiden, wenn ich die Alternative, die du aufmachst richtig verstehe."

„Da gebe ich dir recht. Es handelt sich um eine sehr grundsätzliche Alternative, die du für dich entscheiden musst. Dass du dich mit einer solchen Alternative auseinandersetzen musst, ist für dich ungewohnt. Aber du kommst nicht umhin, das zu tun. Der Bürgermeister und der Kulturdezernent haben dazu bereits eine Entscheidung getroffen."

„Der absehbare Beschluss, die Bibliothek mit Archiv und Museum in das Begegnungszentrum zu integrieren, ist aus deiner Sicht berechtigt und nicht als rücksichtslose Beschädigung oder verlorene Wertschätzung der drei Einrichtungen zu sehen – verstehe ich das richtig?"

„Beide Seiten der genannten Alternative sind als gleichberechtigt zu werten – ja, das sehe ich so. Für dich kommt es aber nicht auf das Rechthaben an, sondern wie du dich als Bibliothekar verstehst und wo du dich als Bibliothekar verortet siehst. Darin liegt die Antwort auf deine Frage, wie du dich in dieser Situation am besten verhältst."

# Spagat

Bei jeder Art des Wandels stehen Altes und Neues im Wettbewerb. Das Neue, das für den Traditionsbruch steht, hat das Alte als Tradition noch nicht ersetzt. Umgekehrt hat sich das Alte noch nicht vom Neuen verdrängen lassen, so dass beide Szenarien – Alt und Neu – gleichzeitig existieren. Anders gesagt, lebe ich während eines Wandels im Spagat von Tradition und dem Versprechen des Neuen auf Besseres, was den Bruch mit der Tradition legitimiert. Meistens vergeht viel Zeit, bis der Wettbewerb zwischen Alt und Neu entschieden ist. Manchmal finden sie in einer friedlichen Koexistenz zueinander. Am Bild des Spagats ändert dies allerdings nichts.

Beim digitalen Wandel ist dieser Spagat sehr spürbar; das geben Bibliotheken geradezu beispielhaft zu erkennen. Ich hatte in meiner Bibliothek die Digitalisierung vorangetrieben, da sie mir für die Verbesserung ihrer Serviceangebote hilfreich erschien. Allerdings habe ich dabei mit meinem Verständnis von Bibliothek niemals gebrochen. Ich ließ Medien in allen Formaten beschaffen. Doch die Unterschiede der Logistik digitaler und gedruckter Medien erforderten Abläufe, die unterschiedliche Kompetenzen erforderten. Diese Hybridstruktur ist die Ursache für den Spagat, um analoge und digitale Angebote der Bibliothek zu gestalten – aber nur so konnte mir die Gestaltung beider Welten gelingen. Dabei ging es immer um die Vermittlung von Inhalten und Zugang, ohne digitale oder gedruckte Medien zu priorisieren.

Geriet ich jetzt in einen neuen Spagat, wenn ich mich darauf einließ, die Bibliothek in das Begegnungszentrum zu integrieren, um dort Betreuungsaufgaben zu übernehmen? Die Voraussetzungen für die Betreuung sozial benachteiligter Gruppen standen in der Bibliothek nicht zur Verfügung; deshalb waren nach meinem Dafürhalten die Bibliothek wie auch Archiv und Museum in dieser Hinsicht die falsche Adresse. Doch die Voraussetzungen für Digitalisierung existierten an der Bibliothek ebenfalls nicht. Dennoch habe ich technische Potenziale des Digitalen eingesetzt und neue Services auf digitaler Basis entwickelt. Ob das für Betreuungsaufgaben auch gelingen könnte, fragte ich mich. Aber der Wandel zur Betreuung sozial benachteiligter Zielgruppen war ein anderer als der Wandel zur digitalen Bibliothek. Digitalisierung bot technische Möglichkeiten zur Verbesserung von Methoden und Verfahren, die die Grundlage für die bibliothekarische Arbeit und für Dienstleistungen waren. Alle Veränderungen der genannten Bereiche wurden bei der Realisierung von bibliothekarischer Expertise begleitet.

Der angeordnete Wandel zu einer sozialen Einrichtung, die Betreuungsaufgaben übernimmt, beruhte hingegen auf einem politischen Auftrag, den Akteure außerhalb der Bibliothekscommunity der Bibliothek übertrugen, doch dessen Gestaltung auf Basis bibliothekarischer Kompetenzen unmöglich erschien. In diesem Fall ging es um den Ersatz fehlender Personalkapazitäten und um die Ansiedlung von Investorenprojekten in den Gebäuden, die Archiv, Bibliothek und Museum in der Altstadt zurückließen. Dabei stand das Fortbestehen der drei Einrichtungen auf dem Spiel - das war etwas anderes als der digitale Wandel. Diese Entwicklung konnte ich nicht mitansehen und die Bibliothek dabei fallen lassen. Deshalb antwortete ich dem Bürgermeister auf sein Schreiben, wie folgt:

Sehr geehrter Herr Bürgermeister,
    für Ihr Schreiben danke ich Ihnen – lange habe ich darüber nachgedacht. Sie sehen die Notwendigkeit einer Neuausrichtung der Bibliothek, die künftig die Betreuung sozial benachteiligter Zielgruppen in ihren Auftrag aufnehmen soll. Hintergrund dafür ist ihre Integration in das Begegnungszentrum, das Sie für den Zusammenhalt der Stadtgesellschaft vorsehen und am Rand der Stadt seinen Platz haben soll. Große Zweifel habe ich, dass die Bibliothek diesen Auftrag zufriedenstellend erfüllen kann, möchte es allerdings auch nicht ausschließen. Doch um auf jeden Fall den Versuch zu unternehmen, dass die Bibliothek diesem Auftrag gerecht werden kann, bin ich bereit, mich als Leiter der Bibliothek dieser Herausforderung zu stellen.

Demnach greifen meine beiden Kollegen und ich Ihren politischen Ansatz auf und sehen die Einbeziehung von Archiv, Bibliothek und Museum in das Begegnungszentrum als ein Experiment, dessen Tragfähigkeit zu gegebener Zeit überprüft werden muss. Insofern bitten wir um Nachsicht für den „Offenen Brief", der als erste, spontane

Reaktion vor allem die Risiken adressierte, die mit dem erweiterten Auftrag und der Verlagerung der Einrichtungen zu erwarten stehen. Dabei haben wir möglicherweise die künftige Lage und Rolle von Archiv, Bibliothek und Museum zu schnell als Nachteil für diese Institutionen analysiert. Dass dies nicht zwingend so sein muss, haben wir dank Ihres Schreibens gelernt.

Mit besten Grüßen

Ihr Bibliothekar mit den Leitern von Archiv und Museum

Dieses Schreiben hatte ich mit meinen Kollegen erörtert und einvernehmlich abgestimmt.

## Das Konzept

Als erstes Planungsergebnis wurde verkündet, dass das Gebäude des ehemaligen Discount-Markts für das Begegnungszentrum zur Verfügung stand. Die Stadt hatte das Gebäude dem bankrotten Marktinhaber preisgünstig abgekauft und seither nach Verwendung dieser Liegenschaft gesucht. Der Vorschlag, das Begegnungszentrum in dem Gebäude unterzubringen, kam zur rechten Zeit. Zu größeren Umbaumaßnahmen kam es nicht, da mit Ausnahme des Konzertsaals, in dem Vorkehrungen für gute Akustik nötig waren, nur kleine Baumaßnahmen und Renovierungen für die Raumertüchtigungen anstanden. Zunächst sollten die Räume mit Rigips-Wänden eingerichtet und gemalert werden.

Die Planung sah vor, dass im Erdgeschoss des ehemaligen Discount-Markts Begegnungsräume für Familien, Kinder, Jugendliche und Senioren sowie für Obdachlose zur Verfügung standen. In den Begegnungsräumen sollten auch Workshop-Programme für die genannten Gruppen stattfinden. Darüber hinaus wurden Räume zur individuellen Betreuung oder für Kleingruppen vorgesehen. Dabei sollte Begleitung und Unterstützung bei akuten Problemen auf den Gebieten Arbeit, Beruf und Wohnungssuche, Ausbildung, Schule und Weiterbildung sowie Gesundheitsvorsorge und Pflege angeboten werden. Im ehemaligen Restaurantbereich wurde eine Kantine für die Beschäftigten und eine Essensausgabe für diejenigen vorgesehen, die sich nicht selbst versorgen konnten. Die Mahlzeiten wurden nicht vor Ort zubereitet, sondern von einem Dienstleister geliefert, der auch für Kindergärten, das Krankenhaus, Schulen und die Stadtverwaltung zuständig war.

Im ersten Obergeschoss war die Unterbringung der Kultureinrichtungen geplant. Das Archiv sollte einen Arbeitsbereich für die Aktenannahme erhalten und eine kleine Ausstellungsfläche für wichtige Urkunden der Stadtgeschichte und für weiteres wertvolles Schriftgut. Die Bibliothek sollte einen Lesesaal bekommen, Computerarbeitsplätze und einen Präsenzbestand, der etwa ein Drittel des Gesamtbestands ausmachte. Das Museum musste eine große Ausstellungsfläche haben, auf der sich die Dauerausstellung zur Stadtgeschichte und temporäre Themenausstellungen den Platz teilen sollten, und einen kleinen Vortragssaal für Vernissagen. Auch das Archiv und das Museum konnten nur einen Bruchteil ihrer Bestände vor Ort vorhalten. Was nicht im Begegnungszentrum eingelagert werden konnte, musste auf der anderen Seite der Stadt in ein altes Fabrikgebäude ausgelagert werden, das deshalb eine Klimatisierung erhalten sollte.

Die Bibliothek musste einen Lieferdienst aufbauen, um ihr bisheriges Bestandsangebot weiterhin zur Verfügung stellen zu können. Die Wege für papiergebundene Medien wurden auf diese Weise länger, da der Platz für diese stark verkleinert war. Sollten alle traditionellen Formate ins Digitale überführt werden, wäre hinreichend Platz für die Bestände aller drei Einrichtungen verfügbar. Der Konzertsaal sollte in der früheren Lebensmittelabteilung des Discount-Markts eingerichtet werden. Die Aufbereitung dieses Raumes für Konzertzwecke war allerdings nicht einfach.

Das Personal, das für den Betrieb des Begegnungszentrums unerlässlich war, sollte ausschließlich von Archiv, Bibliothek und Museum erbracht werden. Ausgenommen waren Essensausgabe und Kantine sowie die Beratung für Gesundheit, die medizinische Kompetenz erforderte. Dem Personal der Kultureinrichtungen, das seinen neuen Auftrag tragen sollte, wurden Qualifizierung und Schulung angekündigt, was erst kurz vor der Eröffnung des Begegnungszentrums startete.

Auf dem Reißbrett sah insgesamt alles bestens aus. Doch setzte bei den Beschäftigten wegen der neuen, zusätzlichen Aufgaben einige Unruhe ein. Zahlreiche Gespräche führte ich mit Abteilungsleitungen, Mitarbeitern und dem Personalrat, der vorschlug, im Vortragsaal der Bibliothek eine gemeinsame Mitarbeiterversammlung aller drei Kultureinrichtungen durchzuführen, um zur Klärung der Lage beizutragen. Am Tag dieser Versammlung verstärkte folgende Pressemitteilung des Kulturdezernats nochmals die Beunruhigung:

„In einem hochdynamischen Planungsverlauf wurde das Realisierungskonzept für das in Aussicht gestellte Begegnungszentrum der Stadt zum Abschluss gebracht; es findet im ehemaligen Discount-Markt seinen Platz. Das Gebäude bietet hervorragende Entwicklungschancen für das Projekt, mit dem der Zusammenhalt unserer Stadtgesellschaft ganzheitlich und neuartig realisiert wird. Denn das geplante Begegnungszentrum wird nicht nur ein Anlaufpunkt für sozial benachteiligte Zielgruppen sein, sondern es wird bereichert durch unser Archiv, unsere Bibliothek und unser Museum. Diese drei Einrichtungen werden in das Begegnungszentrum integriert. Dort werden sie Betreuung und Kulturvermittlung anbieten und auf der Grundlage ihres Auftrags das Begegnungszentrum innovativ bereichern.

Läuft alles nach Plan, kann das Begegnungszentrum in einem guten halben Jahr an den Start gehen. Wir danken allen für ihre tatkräftige Unterstützung, die an dem Vorhaben beteiligt sind. Unser Dank geht in besonderer Weise an die Leitungen von Archiv, Bibliothek und Museum, die nach Vorbehalten nun bereit sind, sich in Aufbau und Entwicklung des Begegnungszentrums aktiv einzubringen und dabei kraftvoll mitzuwirken. Diese Zusammenarbeit ist Voraussetzung für den Erfolg und stärkt die Stadtgesellschaft."

Stürme der Entrüstung brachen los, als ich mit meinen Kollegen den Vortragssaal betrat und zum Podium schritt, wo wir Platz nahmen.

„Wie können Sie so etwas zulassen?", wurden wir ange-brüllt, „was macht ihr denn mit uns?"

„Ist Ihnen klar, was jetzt mit uns geschieht?", trat mir eine Mitarbeiterin empört entgegen, „wir landen ganz im Ab-seits am Rand der Stadt und werden Sozialarbeiter in einem Brennpunkt – das kann doch nicht wahr sein!"

„Diesen drei Nasen lag bestimmt mehr an ihrer Karriere als sich um uns zu kümmern", hörte ich jemanden sagen, „dabei vermittelten sie mit ihrem ‚Offenen Brief' zwar den Eindruck, tatsächlich Widerstand zu leisten. Doch am Ende fehlten ihnen Überzeugungskraft und erst recht der Wille, um sich durchzusetzen."

„Was Sie uns antun, ist ein Skandal", schrie mich jemand an, den ich nicht kannte, „mit eurer Politik lasst ihr uns im Regen stehen.  Wir machen welche Arbeit auch immer – ihr schmückt euer Haupt mit Lorbeeren. Das ist euch na-türlich recht. Aber wir machen das nicht mit – das sage ich klipp und klar, damit ihr uns versteht."

Ich trat ans Pult und begrüßte die aufgebrachte Ver-sammlung:

„Liebe Kolleginnen und Kollegen,
    nein, wir lassen euch nicht im Regen stehen und nie-mand von euch wird im Abseits landen. Wir werden mit Archiv, Bibliothek und Museum einen großen Schritt nach vorne machen, der uns noch stärker als bisher hier in der Stadt verankert. Auf diese Prognose setzen wir und haben dafür gute Gründe. Denn unseren Ansatz des

‚Dritten Ortes' stellen wir in einen neuen Kontext und lassen diese Strategie nun wirksam werden, wie es sonst nirgendwo bis jetzt geschieht. Mit dem Begegnungszentrum katapultieren wir uns ganz nach vorne - darauf sollten wir stolz sein und die Chance für uns sehen.

Ja, eure Vorbehalte kann ich gut nachvollziehen. Anfangs hatte ich diese Bedenken auch und mich mit meinen Kollegen dazu öffentlich geäußert: Die Kultureinrichtungen werden ins Abseits an den Rand der Stadt verlagert und ins Begegnungszentrum integriert. Unsere Beschäftigten werden als Sozialarbeiter eingesetzt. Anstelle der Vermittlung kultureller Bildung rücken Betreuungsaufgaben in den Mittelpunkt der Aufgaben etc. – alle Risiken dieses Vorhabens sind mir wie Ihnen gut bekannt. Aber das hilft uns nicht.

Viele Herausforderungen haben wir schon gemeinsam aufgegriffen und meistens gut bewältigt, obwohl es oftmals schwierig aussah. Diese Herausforderung ist besonders groß. Doch wir schaffen das, weil es sich lohnt. Denn gehen wir nicht mit der Zeit, die uns die Entwicklung vorgibt, ist es bald um uns geschehen. Eine Alternative zu der Integration in das Begegnungszentrum haben wir nicht – andernfalls ist es mit uns vorbei. Fest überzeugt bin ich, dass ihr das nicht wollt. Lasst es uns also anpacken – ich bin mit dabei."

Im Vortragssaal war es still geworden. Offenbar war meine Botschaft angekommen. Um zu ermutigen, hatte ich die Situation polarisiert vermittelt und meine eigene Bewertung in der Sache zurückgestellt, die keineswegs so optimistisch war, wie ich sie präsentiert hatte. Zugleich sah ich durchaus Chancen, zum Leiter des Begegnungszentrums ausgewählt zu werden. Trat dies tatsächlich ein, würde ich das Schlimmste bestimmt verhindern können.

## Bewerbung

„Das Begegnungszentrum unserer Stadt ist eine innovative Integration vielfältiger kultureller und sozialer Angebote. Kultureinrichtungen wie das Archiv, die Bibliothek und das Museum unserer Stadt sind unter einem Dach und verbinden Kulturvermittlung und Betreuung sozial benachteiligter Gruppen. Mit diesem Zuschnitt trägt das Begegnungszentrum zum Zusammenhalt der Stadtgesellschaft bei und bezieht Bildung und Kultur in die Betreuung von Bewohnern sozialer Brennpunkte unmittelbar mit ein. Das Begegnungszentrum ist eine der ersten Einrichtungen weltweit, die Kulturelles und Soziales nachhaltig verbinden und praxisnah realisieren.

Für die Leitung des Hauses suchen wir eine ideenreiche, innovativ wie integrativ handelnde Persönlichkeit, die mit Erfahrungen aus dem Kultur- und/oder Sozialbereich den weiteren Auf- und Ausbau dieser spektakulären Konstellation erfolgreich weitertreibt und leitet. Neben konzeptionellen Fähigkeiten wird ein hohes Maß an Engagement, Führungsstärke, Kooperation und Teamgeist sowie Verhandlungskompetenz erwartet. Ein einschlägiges Hochschulstudium und/oder langjährige Erfahrungen auf den Gebieten Kultur- und Bildungsvermittlung, Sozialpolitik und Stadtentwicklung wird vorausgesetzt. Kommunikations- und Projektmanagement sind erwünscht ..."

Ich war fest entschlossen, mich auf die Leitung des Begegnungszentrums zu bewerben und sah dafür beste Voraussetzungen. Denn mit der Bibliothek vertrat ich die größte der drei Einrichtungen, die das Begegnungszentrum trugen. Doch vor allem hatte ich mich für die Idee des „Dritten Ortes" eingesetzt, die gut zu dem Begegnungszentrum als Leitgedanke passte. Für die Verbindung von öffentlichem Raum, Teilhabe an Kultur und Bildung und nun auch Betreuung prädestinierte mich mein Werdegang, wenngleich mir der soziale Auftrag des Begegnungszentrums weniger vertraut war. Ich sah mich meinen Kollegen in Archiv und Museum, vor allem aber den Beschäftigten der Bibliothek verpflichtet, den Auftrag unserer Kultureinrichtungen zu bewahren und nicht im Anspruch der Betreuung zu verlieren. Die Vereinigung beider Welten, ohne dass eine von beiden Welten Schaden nahm, war die Herausforderung der Leitungsposition und stand deshalb im Mittelpunkt für ihre Auswahl.

Doch an dieser Herausforderung zerbrach ich und scheiterte mit der Bewerbung. Denn ich konnte nicht gut genug erklären, welches Verhältnis Betreuung und Kultur zueinander haben sollten. Für mich hatte Kultur viel mit Tradition zu tun, die mich prägte und für mich leitend war. Dass diese Tradition unverändert blieb, hätte ich nie behauptet – selbstverständlich unterliegen Tradition und Kultur Veränderungen, allerdings ohne dass an ihren Grundfesten gerüttelt und wahllos jedem Trend hinterhergelaufen wird. Mein Grundverständnis von Kultur ließ ich mir nicht nehmen. So verstand ich beispielsweise Kauf- und Konsumkultur im Discount-Markt nicht als Kultur, sondern allenfalls als einen Habitus, den eine Marktentwicklung auslöste. In diesem Kaufverhalten sah ich vielmehr eine Un-Kultur; denn dabei ging es um Verbrauch und Ausverkauf, aber nicht um Erhalt und Identifikation. Insofern war für mich „Kultur" im Kontext des Discount-Markts nicht die richtige Bezeichnung.

Doch wenn Kultur als gemeinsame Identität verstanden wird, wie ich Kultur seit meiner Schulzeit lebte und in meinem Beruf als Bibliothekar weiterhin lebe, was geschieht, wenn diese Identität nicht mehr zählt oder nicht existiert? Was heißt es, wenn ich vor einem solchen Hintergrund den Anspruch habe, Kultur zu vermitteln, die keine andere Kultur sein kann als die, die mich bisher begleitet hat und prägt? Anders gefragt: Wenn Kultureinrichtungen primär der Selbstvergewisserung derer dienen, die Teil einer Identitätsgemeinschaft sind und dazugehören, was sind Kultureinrichtungen dann für solche, die sich keiner Gemeinschaft dieser Art zugehörig fühlen? Kulturelle Identität kann nicht verordnet werden. Deshalb wird Kultur als Angebot, Heilmittel oder Werkzeug für den gesellschaftlichen Konsens genutzt.

Aber können wir Gruppen des Begegnungszentrums für Kultur gewinnen, die sie gar nicht kennen oder ihnen nicht bewusst ist? Das wird wahrscheinlich nicht gelingen, so dass sich die Frage stellt, ob Kultur oder Kultureinrichtungen überhaupt etwas bewirken können, wenn das Verständnis von Kultur stark auseinanderklafft oder gar nicht existiert. Der Schwerpunkt des Begegnungszentrums war von daher aus meiner Sicht Betreuung und genau das, wovon ich nicht genug verstand. Das Dilemma, das mir die Leitungsposition bereitete, konnte ich für mich nicht lösen. Deshalb bestand ich den Wettbewerb der Auswahl nicht und machte der stellvertretenden Leiterin des Dezernats für Arbeit und Soziales Platz, die Direktorin des Begegnungszentrums wurde, einiges vom Sozialbereich, aber gar nichts vom Kulturbereich verstand. So wurde die Kultur dem sozialen Auftrag nachgeordnet.

Es fiel mir schwer, dies zu ertragen. Doch um ehrlich zu sein, räumte ich mir ein, dass es in dieser Konstellation auch gar nicht anders ging. Das Deutungspotenzial des „Dritten Ortes" hatte ich unterschätzt, da ich diesen ausschließlich aus meiner Bibliothekssicht sah. Für Kultureinrichtungen hatte ich den „Dritten Ort" sicher richtig aufgefasst, aber deshalb nicht weit genug gedeutet, um Gruppen zu erreichen, die mit einer Tradition kultureller Bildung, wie sie mir vertraut war, gar nichts anzufangen wussten.

# Eröffnung

Seine Teilnahme an der Eröffnung des neuen Begegnungszentrums hatte der Bürgermeister seinem Kulturdezernenten übertragen. Denn er sah sich für das große Ganze in der Verantwortung, die auch die Kultur betraf, die innerhalb des großen Ganzen allerdings keine Priorität besaß. Der Kulturdezernent, der ein gewandter Redner war, griff die Vertretung seines Chefs gern auf; er hatte einen Ministerialdirigenten aus dem Landesressort für Bildung und Kultur zu der Eröffnung eingeladen und sah deshalb die Gelegenheit, sich mit seiner Rede an neuer Stelle für höhere Aufgaben zu empfehlen.

Nach dem Eingangssong eines Gospelchors trat der Kulturdezernent in einem blau und weiß karierten Anzug und bunter Krawatte auf das Podium, ergriff das Mikrophon und hob gewichtig an:

„Sehr geehrter Herr Ministerialdirigent, meine sehr verehrten Damen und Herren, liebe Kolleginnen und Kollegen von nah und fern,

mit großer Freude und Dankbarkeit begrüße ich Sie in Vertretung unseres Bürgermeisters zu der seit Langem erwarteten Eröffnung unseres Begegnungszentrums. Ja, wir haben es geschafft und sind stolz darüber, Ihnen und der Bürgerschaft unserer Stadt die Türen des neuesten Highlights unserer Stadtkultur zu öffnen. Seien Sie alle herzlich willkommen geheißen, diesen einzigartig kulturellen und sozialen Ort zu besichtigen und wertzuschätzen. Hier wird Kultur nicht nur rezipiert, sondern gelebt. In enger Koordination präsentieren Archiv, Bibliothek, Museum und – zeitlich versetzt - der Konzertsaal ein beispielgebendes Kultur- und Sozialprogramm für alle unsere Stadtbewohner unter dem **einen** Dach des Begegnungszentrums. Kommunikation, Kreativität, Kulturvielfalt und zahlreiche Betreuungsangebote prägen dieses Zentrum, ein ehemaliges Kaufhaus, das Drei-Ka als seinen Namen hat. Mit dem Begegnungszentrum Drei-Ka positionieren wir uns als Knotenpunkt lokaler und regionaler Kulturereignisse und knüpfen an ein reiches Erbe sozialer Errungenschaften und Erfolge unserer Stadtgesellschaft an. Hier findet Austausch und Interaktion zwischen verschiedenen Sparten des Kulturguts statt. Hier vernetzen sich Bürgerinnen und Bürger aller gesellschaftlichen Zielgruppen, um Betreuung und Kultur aus erster Hand und in erster Linie zu erleben. Anknüpfend an das Kaufhaus, das dieses Gebäude früher hier beherbergte, entsteht ein Marktplatz kultureller Bildung und sozialer Teilhabe für jeden in der Stadt. Drei-Ka ist keine Kulturkonserve - Drei-Ka steht für kulturelles Leben und Zusammenhalt. Seien Sie alle in Drei-Ka herzlich willkommen!"

In rauschendem Beifall ging ein erneuter Dank des Kulturdezernenten an das Publikum der Eröffnung unter. Der Gospelchor überbrückte die Unterbrechung mit einem Song. Dann trat der Ministerialdirigent aus dem Kulturressort des Landes ans Mikrophon:

„Meine sehr verehrten Damen und Herren,
Ihr Kulturdezernent hat es bereits gesagt: Einzigartig, großartig und überwältigend ist, was Sie mit dem neuen Begegnungs- und Kulturzentrum hier erwartet. Landesweite Aufmerksamkeit hat dieses Projekt geweckt. Mit Ihnen als Bürgerinnen und Bürgern dieser Stadt ist die Landesregierung stolz über den Erfolg, den Drei-Ka mit vielen Höhepunkten zeitgemäßer Bildung, Kultur und Sozialbetreuung bietet. Auferstanden aus der Ruine eines ehemaligen Kaufhauses ist eine Landmarke hier entstanden, die für betreute, integrierte und niedrigschwellige Formate neuartiger Kulturteilhabe steht. Grenzen, die einzelne Sparten der Kulturlandschaft bisher prägten, sind in Drei-Ka komplett verschwunden und in ein Gesamtprogramm aller Sparten transformiert: Freie Wahl

bei der Inanspruchnahme aller Angebote sowie Zugriff auf alles als One-Stop-Shop. Ich kann Sie nur beglückwünschen zu der Bereicherung, die dieses Zentrum für Sie umfasst. Soweit es meine berufliche Tätigkeit ermöglicht, werde ich gerne Dauerbesucher oder ständiger Gast in Drei-Ka sein. Haben Sie Freude an diesem Haus!"

Erneute Beifallsstürme, Freudenschreie und Juchhu-Rufe leiteten über zum vorletzten Song der Gospelgruppe. Dann betrat die Direktorin des Begegnungszentrums das Podium:

„Sehr geehrter Herr Ministerialdirigent, sehr geehrter Herr Kulturdezernent, verehrte Damen und Herren, liebe Freundinnen und Freunde von Drei-Ka,

ja, ich wende mich an Sie schon als Freunde des Drei-Ka. Denn anders kann ich mir die große Teilnahme an der Eröffnung dieses Hauses nicht erklären. Uns allen ist bestens bewusst, dass sich Teilhabe an Gesellschaft und Kultur im Umbruch befindet und die Gestaltung dieses Umbruchs zu den großen Themen zählt, dem Kulturschaffende und Kulturvermittelnde, aber auch Tätige im Sozialbereich sich stellen müssen. Treiber dieser Entwicklung sind unter anderem die Potenziale des Digitalen, die auf den Alltag von uns allen großen Einfluss haben. Zugleich geht es darum, die technischen Möglichkeiten für Vermittlung und Zugang zu kulturellen Ereignissen und sozialer Unterstützung einzusetzen. Denn gerade das Internet bietet auch jenen Zielgruppen Zugang, deren Interesse an Kultur und Gesellschaft sich oft nur mit niedrigschwelliger Digitalteilhabe gewinnen und wecken lässt. Dieser Spagat erfordert Aufbereitung von Daten, interaktive Nutzerinnen und Nutzer und Vernetzung auf allen Ebenen – vor allem die der kulturellen Einrichtungen. Darauf beruhen Anspruch und Vision von Drei-Ka, das als Modell des Paradigmenwechsels für Erreichbarkeit und Vermittlung von Kultur und Sozialbetreuung zu verstehen ist – sicher auch als lohnendes Experiment, zu dem ich alle Freunde von Drei-Ka einladen möchte. Seien Sie alle herzlich willkommen an diesem Ort der Zukunft, der Sie vielfältig bereichern und beschenken wird."

Wieder gab es reichlich Beifall und als Abschluss Gospelgesang – daran schlossen sich Führungen durch das Gebäude an, die die Besucher begeisterten.

Während alle Gäste wieder und wieder ins Drei-Ka eingeladen wurden, bereitete ich meinen Abschied vor. Denn die entstandene Situation mit der Leiterin des Begegnungszentrums war mir unerträglich geworden. Unter meiner Leitung hatte die Bibliothek gewaltig an Bedeutung verloren, auch wenn ich gar keine Chance hatte, mich dem Begegnungszentrum zu widersetzen. Insgesamt sah ich mich in der Situation, die Konsequenzen zu ziehen, kündigte meine Position an der Stadtbibliothek und trat die Leitungsstelle der Public-Relations-Abteilung einer großen wissenschaftlichen Bibliothek an.

# Lesesaal

Zu den bibliothekarischen Errungenschaften gehört der „Lesesaal", der oft im Zentrum wissenschaftlicher Bibliotheken steht. Heute würden wir eher von einer Nutzerschnittstelle sprechen, um unser technisches Verständnis bibliothekarischer Aufgaben unter Beweis zu stellen. Seit Lesesäle vorrangig von Studierenden bevölkert werden, haben sie sich zu „Lernräumen" entwickelt und signalisieren auf diese Weise einen weniger ambitionierten Zugang zu akademischer Lehre und Forschung. Aus meiner Sicht wird eine solche Bezeichnung diesem zentralen Ort kritischer Auseinandersetzung nicht gerecht. Denn geistig bewegte Individuen lassen sich dort in stiller Gemeinschaft motivieren, Einsichten und Erkenntnisse der Vergangenheit zu entdecken und für die Gegenwart neu zu interpretieren – dabei wird sicher auch gelernt, aber es geht um wissenschaftliche Arbeit

Der Reiz des Lesesaals beruht auf der gemeinsamen, aber nicht gemeinsam ausgesprochenen Übereinkunft aller Leserinnen und Leser, durch beeindruckende Wissensfluten an bisher unentdeckten Ufern der Erkenntnis zu landen. Aufklärung und Erleuchtung vermitteln befensterte Lesesäle, die von der Welt „da draußen" abgrenzen, diese aber dennoch erkennen lassen, während nicht befensterten Lesesälen ein hohes Maß an Konzentration und Tiefgang innewohnt. Stellen sich ältere Bibliotheksgebäude als Kathedralen des Wissens dar, wirken die Lesesäle dieser Bibliotheken wie klösterliche Refugien und durchaus sakral, was überwältigend ist. In Bibliotheken jüngerer Zeit sind die gern genutzten Lesesäle oftmals Schwimmbädern gleich, die in unendliche Wissensfluten ein- und auftauchen lassen und zudem die Gelegenheit bieten, gleichsam am Rand des Bassins zu sitzen, um sich darüber auszutauschen. Da dieses Wechselspiel einigen Spaß bereitet, sind diese Bibliotheken gut besucht – auch weil sie oft und meistens nachhaltig Kontaktanbahnung befördern.

Zählen Lesesäle auch zu den „Dritten Orten"? Einerseits ja. Denn aufgrund ihrer interaktive Wirkung werden sie dem Anspruch des „Dritten Ortes" gerecht. Ob ein Lesesaal immer offen und jedem zugänglich ist, einen öffentlichen Raum darstellt und in jeder Hinsicht Kommunikation und Austausch ermöglicht? Dazu mag es unterschiedliche Einschätzungen geben. Für mich ist ein Lesesaal ein privilegierter Ort und damit ein „Dritter Ort" besonderer Art, der sich durchaus auch als ein Zuhause erweisen kann. Umso mehr freute ich mich, nun in einer Bibliothek tätig zu werden, die über einen Lesesaal mit großen Fensterfronten verfügte. Diesen Lesesaal wusste ich sehr zu schätzen. Denn er lud mich in der Gemeinschaft der dort Lesenden wieder und wieder zu Inspiration, Erkenntnis und Erkundung zahlreicher Wissenswelten ein.

## Neue Aufgabe

Gern war ich Direktor einer Stadtbibliothek und hatte viele Erfolge und Glücksmomente in dieser Position. Dass ich mich davon zurückgezogen hatte, lag an neuen Rahmenbedingungen, die den Fortbestand der Stadtbibliothek in Frage stellten. Den weiteren Verlauf wie auch das Ende dieser Entwicklung wollte ich mir ersparen und habe mir einen Job an einer Bibliothek gesucht, die ihre Tradition mit ihrer Weiterentwicklung erfolgreich in Verbindung zu bringen schien. Wissenschaftlichen Bibliotheken gelingt dies besser als Stadtbibliotheken, glaubte ich, da die Bewahrung von Traditionen in ihrer Verantwortung für das kulturelle Erbe begründet liegt. Traditionsbewusstsein erkannte ich auch in dem großen Lesesaal, über den die Bibliothek verfügte, für die ich in ihrer Public-Relations-Abteilung als Leiter tätig war.

War also meine Aufgabe wesentlich davon bestimmt, für die Tradition der Bibliothek zu werben? Dem war nicht so. Denn Tradition wurde als selbstverständlich betrachtet. Deshalb war es nicht das Herkömmliche oder Vertraute, das die Bibliothek erklären und repräsentieren sollte, sondern vielmehr das, was ihrer Tradition fremd und ungewohnt war – mit anderen Worten alles Neue, das wie auch immer mit Digitalisierung in Zusammenhang stand. Dabei fiel mir gleich zu Beginn meiner Tätigkeit auf, dass sich die Bibliothek für ihre Selbstdarstellung meistens nicht an eigenen Werten, sondern vielmehr am Vorsprung derer orientierte, die als Mitwettbewerber auf dem Informationsmarkt ihnen vor allem technisch weit überlegen waren. Als wollte sich die Bibliothek beweisen, dass sie mit ihrer Konkurrenz auf Augenhöhe agierte, sollten mehr und mehr ihre technischen Erfolge im Mittelpunkt aller Public-Relations-Aktivitäten stehen. Diese Ansage überraschte mich. Denn ich hatte von wissenschaftlichen Bibliotheken deutlich mehr Selbstbewusstsein erwartet. Erstaunt war ich, dass die Bibliothek tatsächlich bestrebt war, auf jede Darstellung ihrer herkömmlichen Services weitgehend zu verzichten, obwohl gerade diese in der Öffentlichkeit sehr geschätzt wurden. Sah sich die Bibliothek von ihren Mitwettbewerbern nicht nur herausgefordert, sondern mehr noch bedroht? Dem galt selbstverständlich entgegenzuwirken – das gehörte zu meinem Job.

## Endlose Gegenwart

Ganz außer Frage war für mich, dass digitale Medien und Services zur Verbesserung der Angebote der Bibliothek beitrugen. In Frage stand dagegen, ob mit der digitalen Abbildung oder Übersetzung herkömmlicher Verfahren die digitale Transformation von Bibliotheken zum Abschluss gekommen sei. Diese Fragestellung betraf nicht nur Bibliotheken, sondern alle Lebensbereiche, für die Digitalisierung von zunehmender Bedeutung war. Nichts sprach dafür, dass die fortschreitende Transformation ins Digitale anhalte oder beendet sei – im Gegenteil: Der digitale Wandel schritt kontinuierlich voran und überraschte mehr und mehr mit Innovationen, die den Alltag beeinflussten. Vor diesem Hintergrund drängte sich die Frage auf, welcher Bedarf mit dieser Entwicklung gedeckt werden sollte und welche Motivation sie beförderte. Was versprachen wir uns davon, immer digitaler zu werden?

Darauf ging der Impulsvortrag eines Kulturwissenschaftlers ein, den ich für eine Diskussionsveranstaltung zum Thema „Digitaler Wandel" gewinnen konnte.

„Wir wollen Komplexität und Vielfalt erklären, in ihrer Vernetzung darlegen und in der Lage sein, die daraus erwachsenden Herausforderungen zu bewältigen. Um dem Anspruch der Objektivität zu genügen, erheben wir Daten mit quantitativen Verfahren. Diese Erhebungen wie ihre Auswertungen lagern wir an Maschinen aus – das ist nichts Ungewöhnliches und wird gern als Kulturtechnik bezeichnet. Zugleich lagern wir Auswertungen und Erhebungen von Daten an Menschen aus, die als Experten die Lücke zwischen Mensch und Maschine schließen, indem sie unsere Fragen für die Maschinen und für uns die Auswertung der Maschinen übersetzen.

Fragen und Antworten in die eine, wie in die andere Richtung zu übersetzen, ist die Aufgabe von Experten. Auch Experten hat es immer gegeben. Aber Experten hatten nicht immer Maschinen, sondern waren Experten für Fähigkeiten wie Lesen, Schreiben und Rechnen oder für Themen wie Handwerk, Landwirtschaft, Medizin, Politik, Religion, Wirtschaft oder Wissenserwerb. Die Themen sind in inhaltlicher Hinsicht dieselben geblieben. Gleiches gilt für die Experten, die es weiterhin gibt, sich aber anders nennen und ihre Potenziale mehr und mehr mit Maschinen ergänzen – diese Maschinen sind überwiegend Computer mit ihren Anwendungen, die Komplexität und Vielfalt quantitativ analysieren und allem Anschein nach überzeugend auswerten. Jedenfalls glauben wir den Experten und vertrauen auf die Maschinen. Ist das als Motivation für die fortschreitende Digitalisierung genug?

Es gibt weitere Motivationen, die nicht weniger stark sind. Dazu gehört der Effizienzgewinn, der im Einsatz digitaler Prozesse vor allem für Routineverfahren oder Verwaltungsabläufe gesehen wird. Für den Bibliotheksbereich sind das beispielsweise die Suchmaschinen, die zum Auffinden von Informationen und Literatur ein wesentlicher Bestandteil im Portfolio aller Bibliotheken sind. Die Möglichkeit der Vernetzung und der Zusammenarbeit, die das Internet weltweit ermöglicht, ist insbesondere in der Wissenschaft ein Bedarf, der mit Digitaltechnik aufgegriffen und realisiert wird. Die damit einhergehende Globalisierung ist selbstverständlich auch für Politik und Wirtschaft von großem Wert.

Doch dies alles ist nichts gegenüber der ständigen Gegenwart, die uns die Digitalisierung schenkt - wir fühlen und glauben, stets auf dem neusten Stand zu sein. Denn wir leben in einem kontinuierlichen Update, das alles Vorausgegangene löscht oder überschreibt. Jede Vergangenheit wird abgeschafft, und Zukunft ist einfach das nächste Patch. Diese Allgegenwart macht uns süchtig nach weltweit vernetzter Präsenz und lässt uns vor unseren Bildschirmen einsam werden. Aber das merken oder spüren wir nicht, solange uns Gegenwart ununterbrochen umgibt und wir uns wie Kinder fühlen, die nicht wissen, was Vergangenheit ist. Gegenwart ohne Ende empfinden wir als unser Glück. Denn es lässt uns vergessen, dass es Vergangenheit gibt, der wir nicht unterliegen wollen."

„Für Ihr Statement danke ich Ihnen", sagte ich als Moderator dem Kulturwissenschaftler, „ich bin beeindruckt und habe zugleich eine Frage. Beglückt auch Sie die endlose Gegenwart, mit der uns nach Ihren Worten die Digitalisierung beschenkt?"

Der Kulturwissenschaftler lächelte und sagte: „Wer über Glück räsoniert, empfindet es nicht. Aber ich bin – unabhängig davon - nicht davon überzeugt, dass Gegenwart ohne Ende ein Glück ist."

„Das ist interessant", antwortete ich und fragte, obwohl ich wusste, um was es ihm ging, „können Sie uns dies näher erklären?"

„Hier sitzen doch Bibliothekare", gab er zurück, „Ihnen sollte doch klar sein, welche Rolle Vergangenheit für Wissenschaft und Kultur und nicht zuletzt für Bibliotheken spielt."

„Endlose Gegenwart nimmt uns Vergangenheit, die wir in sehr viel mehr Lebensbereichen brauchen, als wir es für möglich halten?", antwortete ich.

Der Kulturwissenschaftler nickte.

„Doch wenn wir in der Gegenwart leben wollen, kann Vergangenheit doch nicht der Maßstab sein ..."

„... aber wir wollen wissen, wo wir herkommen", unterbrach er mich, „Maßstab ist uns Vergangenheit sicher nicht."

„Sprechen wir vielleicht von Tradition, die wir brauchen, auch wenn sie kein Maßstab ist, aber ein Anker für das Verständnis unserer selbst?"

„Gegenwart ohne Ende ist schon deshalb kein Glück, da wir nach einiger Zeit nicht mehr wüssten, was Glück überhaupt ist. Denn im Glück endloser Gegenwart haben wir vergessen, was Unglück ist."

„Sind Sie deshalb ein Gegner von Digitalisierung und lehnen diese Entwicklungen ab?"

„Ich wende mich nicht gegen den digitalen Wandel, allerdings gegen Heilsversprechen, die uns der digitale Wandel oftmals gibt."

„Dann sprechen Sie möglicherweise eher die Potenziale an, die Digitalisierung auf dem Gebiet der Forschung entfalten kann."

„Da stimme ich Ihnen zu. Allerdings darf die Intelligenz von Maschinen nicht überschätzt werden. Wer Auswertungen und Erhebungen an Maschinen auslagert, muss sich der Grenzen quantitativer Analysen bewusst sein. Das gilt auch für die Expertise von Menschen. Das größte Risiko liegt im blinden Vertrauen auf digital gewonnene Forschungsergebnisse, ohne die technischen oder intellektuellen Methoden der Ergebnisgewinnung zu kennen oder diese rekonstruieren zu können."

„Ist das nicht auch im Umgang mit personenbezogenen Daten so?"

„Die Arglosigkeit im Umgang mit den eigenen Daten ist ein enormes Risiko. Ist der ‚worst case' erst eingetreten, ist es zu spät. Bemerkenswert ist, dass entgegen aller Vernunft die Gutgläubigkeit im Umgang mit Daten durch Dritte überwiegt. Das ist allerdings gar nichts Neues. Denn je stärker der Anreiz neuer Entdeckungen oder Erfahrungen oder Innovationen ist, umso mehr tritt unser Kritikbewusstsein zurück."

„Ich danke Ihnen ganz herzlich, dass Sie zu uns gekommen sind ...", sagte ich, wurde aber erneut unterbrochen.

„... abschließend würde ich gerne wissen", fiel er mir ins Wort, „was der digitalen Wandel für die Weiterentwicklung ihrer Bibliothek bedeutet."

Da meldete sich die Bibliotheksdirektorin zu Wort und erklärte:

„Mit zunehmender Nutzung von Informationstechnologie und Internet wurden Bibliotheken gewaltig in Frage gestellt und sogar als obsolet bezeichnet. Nachdem wir die neuen Technologien in unsere Serviceportfolios implementiert und umgesetzt hatten, wurden wir wieder geschätzt – nicht zuletzt aber auch unsere Häuser und Räume, die wir zur Verfügung stellen. Wir haben unsere traditionellen Angebote wie die Prozesse, die hinter diesen Services liegen, erfolgreich auf digitale Workflows migriert, und weitere digitale Dienste ergänzt. Diese Transformation ist uns bestens gelungen – darauf waren wir stolz. Doch nun stehen wir vor Entwicklungen, die nicht unmittelbar an herkömmliche Bibliotheksdienstleistungen anknüpfen können, sondern auf KI-Technologie und Machine-Learning-Verfahren beruhen. Hier fällt es uns äußerst schwer, den Anschluss zu finden, und wir fürchten deshalb, erneut in Frage gestellt zu werden. Erste Anzeichen dafür sind bereits zu erkennen. Wir werden abgehängt, wenn die Entwicklung so weitergeht, und verlieren unsere Rolle als Dienstleister und Betreiber relevanter Infrastruktur. Denn in technischer Hinsicht werden wir total uninteressant, wenn wir im Wettbewerb um die besten Serviceentwicklungen nicht mehr mithalten können."

„Vielleicht sollten Sie sich auf andere Werte Ihrer Einrichtung beziehen als auf die Teilnahme am Wettbewerb um die beste Technik", sagte der Kulturwissenschaftler, „Bibliotheken haben großartige, hoch geschätzte Traditionen – das sollte Ihnen was wert sein und Sie für den Fortbestand Ihrer Bibliothek optimistisch stimmen."

„Danke für dieses Schlusswort!", rief ich in den Raum, „wir haben viel von Ihnen gelernt und werden aufgreifen, was uns hilft. Die Diskussion ist beendet. Sie alle darf ich jetzt noch zu Fingerfood und zu einem Glas Wein im Foyer unseres Vortragssaals einladen."

## Openness

Zugang zu den Materialien vorzusehen, die Bibliotheken beschaffen und aufbewahren, um Nutzungen dieser Wissensschätze zu ermöglichen, gehört zu den zentralen Aufgaben von Bibliotheken, die sie mit der Erstellung von Nachweisen in Katalogen über Jahrhunderte kontinuierlich professionalisiert haben. Als sich mit dem Buchdruck die Reproduzierbarkeit von Originalen zur gängigen Publikationspraxis etablierte und die Exemplare einer Druckauflage verbreitet wurden, konnte Literatur, die außerhalb der Bibliothek gelesen werden wollte, ausgeliehen werden. Dieser Modus der Mediennutzung existiert weiterhin und hat das Verhältnis zwischen Bibliothek und Nutzer signifikant geprägt.

Mit der Digitalisierung der Medien wurde der Kauf von Büchern und Zeitschriften, die in den Besitz der Bibliotheken übergingen, von Nutzungslizenzen für elektronisch verfügbare Bücher und Zeitschriften abgelöst. Nun konnten die Nutzer auf der Grundlage bibliotheksseitig finanzierter Lizenzen digitale Ressourcen über das Internet bei Verlagen abrufen und downloaden. Diese Materialien gingen nicht in den Besitz der Bibliotheken über. Die Abhängigkeit der Bibliotheken von Verlagen hat sich dadurch deutlich verstärkt. Die Preise der Lizenzen, die die Verlage bald im Paketmodus verkauften, wurden kontinuierlich gesteigert. Dies führte mehr und mehr zu Monopolbildung, mit der die Bibliothekbudgets belastet wurden. Hinzu kam, dass die Nutzung der Lizenzen nur campusbezogen eingeräumt wurde und außerhalb des Campus nur Mitgliedern der Hochschulen möglich war. Von daher standen die unbestrittenen Vorteile digitaler Bücher und Zeitschriften mit zunehmender Abhängigkeit von Verlagen und wachsenden finanziellen Belastungen in Zusammenhang – Literatur wurde nicht mehr gekauft, sondern lizensiert. Der Einfluss, den Bibliotheken auf gedruckte Medien nehmen konnten, war mit lizensierten Medien verloren gegangen und existierte nicht mehr.

Um sich von dieser „Umarmung" der Verlage zu befreien, griffen die Bibliotheken für digitale Veröffentlichungen das Publizieren nach dem Modell von Open Access auf und boten entweder auf Dokumentservern eigene Publikationsservices an oder kauften sich mit Artikel- und

Kapitelgebühren in Open-Access-Bücher und –Zeitschriften ein, so dass sie bezahlte Open-Access-Publikationen auf ihren Repositorien speichern und für die Nutzung freigeben konnten. Mit Open Access unterlag die Versorgung mit Informationen und Literatur einem neuen Geschäftsmodell, nach dem im Sinne der Internetphilosophie Publizieren und nicht mehr Lesen bezahlt wurde; das führte zu großen Veränderungen der Kernprozesse in Bibliotheken. Doch Open Access lag dichter am Zugangsverständnis von Bibliotheken als Lizensierung. Bestandsentwicklung im traditionellen Sinne ließ sich weder mit Nutzungslizenzen noch mit Open Access realisieren. Politisch war Open Access voll im Trend.

„Wir müssen unsere Deutungshoheit für die Infrastrukturen wieder zurückgewinnen", sagte die Bibliotheksdirektorin zu mir; sie hatte mich um einen Termin zu strategischen Fragen der PR-Aktivitäten gebeten, „denn technisch sind wir dabei, an Akzeptanz zu verlieren. Wir sollten uns als Betreiber von Open Access deutlich stärker als bisher positionieren, schlage ich vor."

„Ich teile Ihre Auffassung, halte es jedoch für angebracht, Open Access nicht primär als Infrastruktur, sondern vielmehr als Kultur der Bibliothek zu adressieren", erwiderte ich.

„Sie meinen, dass wir insgesamt ‚Openness' in den Mittelpunkt unserer Aktivitäten stellen sollten?"

„Ja, das ist mein Vorschlag. Dann geht es nicht um Technik, sondern um eine neue Kultur der Bibliothek, die für die Wissenschaft von großer Bedeutung ist, wie über Open Access hinaus unsere Aktivitäten zur Digitalisierung wertvoller Sammlungen und zu Forschungsdaten beweisen. Auch die Lernräume, die wir mit unseren Lesesälen zur Verfügung stellen, geben dies zu erkennen. Bibliotheken tragen signifikant zur Öffnung von Forschung und Lehre bei und wenden sich dabei an die Gesellschaft. Diese Brücke, ohne die so etwas wie die ‹Third Mission› nicht funktioniert, gewährleisten Bibliotheken mit ihrer Offenheit."

„Das ist großartig, was Sie sagen. Wir entwickeln mit der Bibliothek eine offene Kultur für Forschung, Lehre und Studium. ‚Openness' wird zentral für unsere Strategie und die der Universität. Das ist ein Vorsatz, der uns trägt und mit dem wir uns ganz anders und viel wirksamer in die Öffentlichkeit und in die Universität einbringen können als mit Technik. Dieser Ansatz begeistert mich."

„Wir dürfen nichts überstürzen. Kulturwandel ist nicht einfach. Denn wenn es um Kultur geht, glauben alle mitreden zu können oder sogar zu müssen."

„Ist das jetzt ein Rückzieher?"

„Ganz und gar nicht – ich empfehle Ihnen einen Weg zum Erfolg. Wir sollten die Wissenschaftler fragen, was sie unter ‚Openness' verstehen. Um den Kulturwandel in Angriff zu nehmen, machen wir eine Umfrage."

# Eklat

Mit Ankündigung der Umfrage erhielt die Bibliotheksdirektorin einen Brief des Rektorats der Universität, den sie mir umgehend zukommen ließ:

Sehr geehrte Frau Bibliotheksdirektorin,

mit großem Erstaunen haben wir die von Ihnen versandte Umfrage zur Bibliothek als Ausgangspunkt für „Openness" zur Kenntnis genommen. Sinn und Zweck der Umfrage und ihres Themas sind uns nicht nachvollziehbar. Unsere Universität ist doch kein „closed shop", und von der Bibliothek hören wir, dass sie permanent überfüllt ist. Was wollen sie uns mit der Bibliothek als Ort einer offenen Kultur für Forschung, Lehre und Studium mitteilen? Wir können Ihren Anspruch nur als Anmaßung gegenüber dem Rektorat und den Universitätsmitgliedern verstehen. Dass die Bibliothek einen Kulturwandel auslösen will, der für die Universität „Openness" anvisiert, ist vermessen und gibt massiven Realitätsverlust zu erkennen. Wir behalten uns weitere Schritte vor, möchten Sie aber dringend auffordern, Ihre Umfrage umgehend zu beenden und von allen Ansprüchen abzusehen, die mit der Bibliothek als Ort offener Kultur aus Ihrer Sicht zusammenhängen.

Mit freundlichen Grüßen

Der Rektor


Da klingelte mein Telefon – ich nahm ab.

„Haben Sie dieses Pamphlet schon gelesen?", tönte es aus dem Hörer, „eine Unverschämtheit! Was passiert da – ich verstehe es nicht."

„Ich verstehe es auch nicht ...", sagte ich der Bibliotheksdirektorin.

„... was machen wir jetzt?", unterbrach sie mich.

„Offenbar haben wir uns zu weit vorgewagt", antwortete ich, „allerdings glaubte ich, dass wir uns als Bibliothek in dieser Weise positionieren dürfen, zumal ‚Openness' und die Rolle der Bibliothek in diesem Zusammenhang wirklich nichts Revolutionäres ist."

Nach einer kurzen Denkpause sagte die Bibliotheksdirektorin: „Wir sind gut beraten, uns dazu zu erklären. Denn aus meiner Sicht gehen die Vorwürfe des Rektorats auf ein Missverständnis zurück. Machen Sie bitte bis morgen einen Entwurf!"

Damit war das Telefonat beendet.

Am nächsten Tag ging folgendes Schreiben ans Rektorat.

Sehr geehrter Herr Rektor,

Ihr Schreiben zu unserer Umfrage „Bibliothek als Ort einer offenen Kultur für Forschung, Lehre und Studium" hat mich erreicht – vielen Dank! Mit Ihrer Kritik habe ich mich intensiv auseinandergesetzt. Dass unsere Initiative bei Ihnen den Eindruck von Anmaßung und Realitätsverlust erweckte, bedaure ich. Offenbar hat die Umfrage ein Missverständnis ausgelöst. Denn in keiner Weise wollte ich die Offenheit unserer Universität in Frage stellen. Vielmehr versuchte ich, die Potenziale unserer Bibliothek zu adressieren, die sie für eine Kultur der Offenheit entfalten kann und entfalten sollte.

In diesem Zusammenhang spielt vor allem Open Access eine entscheidende Rolle. Denn Open Access trägt zur Offenheit und zur Öffnung wissenschaftlicher Forschung bei. Diese Entwicklung erfolgreich voranzutreiben, sollte in unser aller Interesse liegen und verdient Unterstützung. Sehr wundern würde mich, wenn Sie in dieser Hinsicht anderer Auffassung sind. Von daher bin ich überzeugt, dass wir uns auf demselben Weg befinden und Ihr Erstaunen über den Fragebogen ein Missverständnis ist. Lassen

Sie uns darüber sprechen, was zwischen uns liegt und uns trennt. Dafür stehe ich gern zur Verfügung.

Mit freundlichen Grüßen

Ihre Bibliotheksdirektorin

Dieses Schreiben blieb zunächst unbeantwortet. Nach etwa drei Wochen traf folgende Mitteilung des Rektorats bei der Bibliotheksdirektorin ein.

Sehr geehrte Frau Bibliotheksdirektorin,

die Bibliothek hat sich zu einer signifikanten Stärkung des Open-Access-Gedankens erklärt, um an der Universität eine Kultur der Offenheit zu etablieren. Das Rektorat teilt die Auffassung der Bibliothek und sieht sich in der Situation, Forschung, Lehre und Studium dabei zu unterstützen. Zugleich eröffnet Open Access die Möglichkeit, dass Wissenschaftlerinnen und Wissenschaftler die Veröffentlichung ihrer Forschungsergebnisse selbst in die Hand nehmen können, wenn sie dabei finanziell unterstützt werden.

Nach reiflicher Überlegung hat das Rektorat beschlossen, das Bibliotheksbudget für die Beschaffung wissenschaftlicher Monographien und Zeitschriften um zwei Drittel zu kürzen. Die damit frei gewordenen Mittel sollen Fakultäten und Instituten für Open Access zugewiesen werden. Die Bibliothek wird gebeten, einen Vorschlag für die Verteilung der Mittel vorzulegen. In welchem Umfang Personal aus der UB abgezogen und künftig in Fakultäten eingesetzt wird, unterliegt noch der Prüfung. Darüber hinaus soll die Bibliothek ihre Kultur der Offenheit massiv etablieren, indem sie sich insgesamt zu einem Lernraum entwickelt, der nicht nur Studierenden, sondern allen Bürgern unserer Stadt einen offenen Zugang bietet. Forschung spielt ab sofort keine Rolle mehr für die Bibliothek.

Mit freundlichen Grüßen
Der Rektor

## Letzter Versuch

Die Mitteilung, dass das Budget der Bibliothek um zwei Drittel gekürzt werde und sie künftig primär als Lernraum fungieren solle, hatte bei der Bibliotheksdirektorin einen heftigen Schock ausgelöst. Für eine Woche meldete sie sich krank. Anschließend nahm sie eine Woche Urlaub. Ihre Enttäuschung über den Umgang mit der Bibliothek und die geringe Wertschätzung ihrer Bemühungen um deren Weiterentwicklung, die das Rektorat zu erkennen gab, war riesig. Ihr Versuch, einen Gesprächstermin mit dem Rektor zu bekommen, war nach etlichen Anläufen schließlich erfolgreich. Als sie sein Büro betrat, saß er an seinem großen Schreibtisch und ließ sie auf dem Stuhl Platz nehmen, der davor stand.

„Was führt Sie zu mir?", fragte er sie fast freundlich, „gibt es Probleme mit der Bibliothek?"

„Wohin soll es mit der Bibliothek gehen, wenn ihr Budget für die Erwerbung von Literatur und Medien in diesem Umfang gekürzt wird?", antwortete sie.

„Es waren doch Sie, die die Offenheit der Universität mit Open Access vorantreiben wollten – das kostet Geld", gab er zurück, „die Kosten der Bibliothek dürfen mit Open Access aber nicht durch die Decke gehen. Deshalb haben wir die Mittel für Open Access aus dem Budget der Bibliothek abgezweigt und den Wissenschaftlern zur Verfügung gestellt, die ihre Forschungsergebnisse künftig verstärkt im Sinne von Open Access veröffentlichen sollen und ihre Mittel dafür selbst bewirtschaften müssen – das liegt doch ganz auf Ihrer Linie, die Sie mir mitgeteilt haben."

„Aber der Übergang nach Open Access wird nicht funktionieren, wenn die Bibliothek dabei gar keine Rolle mehr spielt. Die Wissenschaft braucht die Beratung der Bibliothek, um erfolgreich Open Access zu publizieren."

„Beraten kann die UB jederzeit – dem steht gar nichts entgegen."

„Wenn aber alle Mittel in Instituten und Fakultäten liegen, haben wir gar keinen Überblick mehr ...“

„... welchen Überblick brauchen Sie denn, um zu beraten?", unterbrach er sie.

„Es wird keine Infrastrukturen noch Standards mehr geben, um auf Basis von Open Access publizierte Forschungsergebnisse wiederzufinden, wenn Open Access nicht mehr von der Bibliothek unterstützt wird."

„Wir haben doch Google, Frau Bibliotheksdirektorin", entgegnete der Rektor, „da wird uns mit Sicherheit nichts verloren gehen."

Sie griff sich an den Kopf. Dass das Gespräch so verlief, hatte sie nicht für möglich gehalten.

„Zudem wird die UB jetzt auf einen Lernraum reduziert. Wir sind doch mehr als nur Räume ...“

„Selbstverständlich bieten Sie mehr - dies auch in Lernräumen. In den Räumen der Bibliothek befinden sich überwiegend Studierende – da liegt sehr nahe, dass die UB den ‚Lernraum' abgibt."

„… und alle Literatur, alle Sammlungen und alle wertvollen Altbestände, die wir für die Forschung beschafft haben und kuratieren, sind nun obsolet?"

„Auf gar keinen Fall – ich bitte Sie! Das Thema Forschungsliteratur und Sammlungen haben wir noch nicht geklärt. Sie haben vollkommen Recht – dafür brauchen wir eine Lösung."

„Wir haben viel in Infrastruktur investiert, um die Nutzung der Bibliothek zu erleichtern und um unsere internen Abläufe und Geschäftsgänge zu verbessern – das soll jetzt alles wegfallen?"

„Was damit geschehen soll und was Sie für den ‚Lernraum' einsetzen können, wissen Sie besser als ich. Für IT ist unser Rechenzentrum verantwortlich. Arbeiten Sie doch mit dem Rechenzentrum zusammen; das wird Ihnen helfen und trägt zugleich zu Synergien bei, die bisher noch nicht genutzt werden. Sie sind doch kreativ genug, um von Vorhandenem künftig besser Gebrauch zu machen."

„Um ehrlich zu sein, vergeht mir alle Motivation in Anbetracht der Situation, in die Sie die Bibliothek gebracht haben …"

„… seien Sie optimistisch!", unterbrach er sie, „dafür haben Sie allen Grund. Ich muss mich jetzt entschuldigen – ich habe einen nächsten Termin."

Der Rektor stand auf, die Bibliotheksdirektorin auch. Das Gespräch war damit beendet.

# Albtraum

Die Enttäuschung über dieses Gesprächsergebnis war groß. Aus Sicht der Bibliotheksdirektorin hatte der Rektor ihr Anliegen nicht verstanden, die Universität mit Unterstützung der Bibliothek in eine Kultur der Offenheit zu überführen. Allerdings wirkte er darauf hin, die Bibliothek als Vorzeige-Ort für Offenheit auf einen Lernraum zu fixieren. Damit hielt er sie von der Forschung fern, da jetzt mit Mitteln des Bibliotheksbudgets an den einzelnen Fachbereichen Open Access ermöglicht wurde. Hatte die Bibliotheksdirektorin mit ihrer Forderung nach mehr Offenheit diese Entwicklung herbeigeführt? Um die Universität mit einem klaren Anspruch auf „Openness" zu positionieren, war das Vorgehen des Rektors durchaus geschickt. Dass diese Strategie zu Lasten der Bibliothek ging, würde ihm kaum jemand übelnehmen. Denn dass die Bibliothek im Zuge des digitalen Wandels an Bedeutung verlor und ins Hintertreffen geriet, fand durchaus Zustimmung. Erst in der mittelfristigen Perspektive würden die Folgen dieser Entscheidung offenbar. Sollte sie sich als desaströs erweisen, wäre aber der Weg zurück schon deshalb keine Option, da Institute und Fakultäten die Mittel der Bibliothek zurückgeben müssten; damit war nicht zu rechnen – das würde sicher nicht stattfinden.

Ich führte mir die Reduktion der wissenschaftlichen Bibliothek auf einen Lernraum wie die Einbeziehung der Stadtbibliothek in ein Begegnungszentrum wieder und wieder vor Augen. Was geschah mit der Kultureinrichtung „Bibliothek"? Von der Stadtbibliothek vernahm ich, dass die vakante Leitung nicht mehr wiederbesetzt werden sollte und der Leiterin des Begegnungszentrums überantwortet wurde. Dies führte dazu, dass die Bibliotheksbeschäftigten zu Sozialarbeitern umgeschult und als solche eingesetzt wurden, um Betreuungsaufgaben zu übernehmen. Die Bibliothek führte seither eine Art Schattendasein und stand im Wesentlichen als Computerpool für diejenigen zur Verfügung, die zu Hause keinen Computer hatten. Dem Archiv wurde die Ausstellung zur Stadtgeschichte übertragen und im Museum fanden Mal- und Handarbeitskurse sowie Kreativseminare statt. Damit war die Kalkulation des Bürgermeisters und seines Kulturdezernenten aufgegangen und die Daueraufgaben des Begegnungszentrums nahezu kostenneutral realisiert. Der Plan für den Konzertsaal im Begegnungszentrum wurde fallengelassen und sollte nun in der Altstadt umgesetzt werden. Doch dafür fehlte das Geld. Denn die Erwartung, dass die Gebäude von Archiv, Bibliothek und Museum rasches Interesse bei Investoren fanden, wurde enttäuscht. Die Häuser standen leer und vermittelten einen leblosen Eindruck. Unzufriedenheit mit dieser Situation prägte die Stimmung der Stadt.

Nicht viel anders verlief die Entwicklung der Universitätsbibliothek. Das Literaturangebot wurde massiv reduziert und nicht mehr als attraktiv oder hilfreich empfunden, da fast alles, was von Interesse war, in einem geschlossenen Büchermagazin am Stadtrand gespeichert war. Das Platzangebot für Studierende sollte deutlich vergrößert und ihre Lernunterstützung spürbar erweitert werden, doch alles blieb auf demselben Niveau wie bisher. Denn für die Bibliothek als Lernraum hätten die Lesesäle umgebaut werden müssen. Doch dafür gab es kein Geld. Die Open-Access-Aktivitäten in Fakultäten und Instituten wurden zwar von der Bibliothek beraten, doch die Empfehlungen im Regelfall nicht befolgt, da sie sich als zu mühsam erwiesen. Deshalb wurden entweder von dem Angebot, Open Access zu publizieren, kein Gebrauch gemacht oder viel zu hohe Artikelgebühren bezahlt. Die verbleibenden Mittel investierten die Wissenschaftlerinnen und Wissenschaftler entweder in Computerausstattungen oder setzten sie für Bücher und Zeitschriften für ihre Lehrstühle ein. Auffindbar waren diese Bestände nicht, da die Bücher und Zeitschriften nicht erfasst wurden, so dass es keine Ausleihmöglichkeiten für diese Bestände gab. Schon deshalb erwies sich die Entscheidung des Rektors als Desaster, das dem Desaster glich, das der Stadtbibliothek widerfuhr, die Teil des Begegnungszentrums war.

Die Aufgabe der Vermittlung kultureller Bildung wird in soziale Betreuung überführt – so geschieht es der Stadtbibliothek. Die Verantwortung für kulturelles Erbe und die Bereitstellung wissenschaftlicher Information wird der Universitätsbibliothek genommen – ihr Wirkungskreis auf einen Lernraum beschränkt. Das waren gewaltige Einschnitte, die mir zu denken gaben.

Dass Bibliotheken gesellschaftliche Neuerungen mit ihren Serviceangeboten aufgreifen und daran ausrichten, ist nichts Ungewöhnliches. Dass gesellschaftliche Veränderungen Kultur- und Wissenschaftspolitik dazu veranlassen, Bibliotheken außer Kraft zu setzen, ist eine Entwicklung, die Bibliotheken kalt erwischt. Ihre Neuausrichtung birgt offenbar Risiken, ohne dass neue Entwicklungsziele von Bibliotheken als falsch oder verkehrt zu betrachten sind.

Fordert die Priorität der Gegenwart, die uns die Digitalisierung möglich macht, Vergangenheit als die veraltete Version von Gegenwart zu überschreiben? Ohne Tradition, die auf Vergangenheit beruht, werden Kultureinrichtungen nicht mehr fortbestehen. Wenn gesellschaftliche Veränderungen dazu führen, dass Kultur keine Orientierung oder Teilhabe bietet, die auf gemeinsamen Traditionen und Wertvorstellungen gründen, geht den traditionellen Kultureinrichtungen Deutungshoheit und Akzeptanz in der Gesellschaft verloren. Niemand kommt an diesem Tatbestand vorbei – auch solche nicht, die Kultureinrichtungen ins Abseits stellen, dabei aber behaupten, ihre Weiterentwicklung zu unterstützen.

# Epilog

Der Bericht, den mir mein Freund über „Dritte Orte" gab, berührte mich stark. Beide Szenarien, Bibliotheken im Sinne einer besseren Teilhabe und Offenheit fortzuentwickeln, erwiesen sich für meinen Freund als Bumerang, von dem er schwer getroffen wurde. Was konnte er bewegen, um zu zeigen, dass Bibliotheken als „Dritte Orte" weder Begegnungszentren noch bloße Lernräume waren? Als erstes kündigte er seinen Job als Leiter der Public-Relations-Abteilung. Denn für ein Konzept von Openness sah er an der wissenschaftlichen Bibliothek keine Erfolgschancen mehr. Frei sein wollte er von dem Zwang, Maßnahmen mitzutragen, die mit seinen Vorstellungen zur Vermittlung von Kultur und Bildung nicht mehr vereinbar waren. Seinen eigenen „Dritten Ort" wollte er haben und zog deshalb in einen Ort auf dem Land, der über einen alten Bahnhof verfügte. Er fragte bei der Gemeinde nach, ob er dort wohnen und eine Bibliothek gründen dürfe. Eine Bezahlung seiner Person erwarte er nicht, da er als Frühpensionär eine Rente erhalte und zusätzlich von seinen Ersparnissen leben könne. Bücher und Medien werde er mit Hilfe von Spenden bekommen. Zustimmung erhielt mein Freund von der Gemeinde und begann, die Bibliothek in dem ehemaligen Bahnhof aufzubauen. Mit einer kleinen Feier eröffnete er seinen „Dritten Ort" und erfreute die Bewohner der Ortschaft seither mit Büchern, Gesprächen und inspirierenden Räumen. Diese Vermittlung von Kultur und Bildung gefiel den Nutzern der Bibliothek und meinem Freund und war das, was ihn persönlich als Bibliothekar beglückte.